大怪獣記

クトゥルー・ミュトス・ファイルズ
The Cthulhu Mythos Files

北野勇作

創土社

目次

大怪獣記

一　おから

ま、ようするに、こういうものを撮りたいと考えているわけでして。

男がテーブルの上に出してきた企画書とやらの表紙には、赤字で大きく『大怪獣記』と印刷されている。

駅裏の市場の中にある乾物屋の二階の喫茶店、その隅《すみ》の席だ。

映画監督だという。もっとも、まだ監督作はないらしい。これまでにかかわった映画のタイトルを何本かあげてくれたが、どれも聞いたことのないものばかり。しかしまあ、それは私にそっち方面の知識がないだけなのかもしれないし、そもそも肩書きなんてものは作家と同じで、自称すればそれでいいような気もする。

ミノ・ジョウジ、と申します。ジョウミノと覚えてください。あ、焼肉の上ミノです。牛の胃。四つある胃の一番最初の胃ですね。こりこりしてて噛みごたえがあって噛《か》めば噛むほど味が出るやつ。

名刺を差し出しながらそう言って、ははは、と笑った。

じつは映画のことで御相談がありまして——。

そんな電話があったのは、三日前のこと。

ええっと、映画ですか。

そうです。あ、私、先生の小説の愛読者なんです。

それはどうも、ありがとうございます。

えっとそれでですね、先生にご相談というか、お願いしたいことがあるのですが。

べつに先生じゃないので、と何度も言いかけたが、しかしべつに尊敬してそう言っているわけではなくて、本を出している人全般、という程度の意味でその単語を使っているだけだから、それを禁じられると別の呼び方を憶えなければならず、かえって面倒なのだ、というようなことを聞いてからは、ああそれもそうだな、と言われるままにしている。もし、もうちょっと個人的に親しくなれたらやめてもらおう。

つきましては先生には、映画の小説化をお願いしたいのです。

電話の向こうで、男が言ったのだ。

ほらな、やっぱり、と私は思う。小説を映画化したい、ではなく、まあそれなりに文章を書ける人への依頼ということだろう。

ぜひいちどお会いして、詳しいお話をさせていただきたいのですが。

正直、あまり気乗りはしない。いろいろ面倒くさそうだし、なによりも自分の小説ではない。

まあしかし、このところ単行本も出ていないし、ますます出にくくなっている。出たとしても部数は落ちる一方でこれ以上は落とせないだろう、というところを数年前に割り込んで、さらにまだ落ちているという状況だ。それはもちろん私が、出せば売れる、というような作家ではないからだし、出版社も大変なのだろう。今の状況が好転するとは思えないどころか、たぶんもっと悪くなる。困ったなあ。蓄えもけっこう心細くなってきた。そうだな、贅沢《ぜいたく》を言えるような立場じゃないよなあ。うん、そうだよ、まあここは話だけでも、と近所の喫茶店で会ってみることにしたのだった。

えっ、なになに、映画化の話なの？

興味津々《きょうみしんしん》で尋《たず》ねてくる妻に、いや、そういうことじゃなくて、映画のノベライズだよ、と答えた。

へええ、おもしろそうじゃないの。

なんか面倒くさそうだけどなあ。

固定電話の受話器を置きながら、私はそうつぶやいていた。

それに、今までそういうのってやったことないから、やりかたもよくわからないし。いろいろ注文を出されても、やれる気がしないしなあ。

でも、先方はわざわざあなたを指名してるんでしょ。それは、あなたがその仕事にぴったりだって思ってそうしたんだろうし、だいいち、そういうのって、すごくありがたいことじゃない。

そりゃ、そうだけど。

あ、それに、映画がヒットしてすごく売れるかもしれないし。

無理無理。

間髪入れず私は言った。

国産映画なんてまずヒットしないし、もしちょっとくらいヒットしたとしても、その映画のノベライズなんて売れないって。

だとしても、きっとあなたの普段の本よりは売れるって。それに、売れなくたって、アルバイトするよりはましでしょ。だいいちもう、やれるアルバイトもあんまりないんだから。

笑いながらきついことを言う妻である。

しかしたしかにその通りだし、わざわざ会いに来てくれるというだけでもありがたいことには違いない。

とりあえず話を聞いてみることにした。それで今、この喫茶店の隅でこうしている。

ようするに、早い話がですね、このあたりを舞台にした地域密着型の映画なのです。町の活性化にもなりますから、行政に申請すれば助成金だって引っぱってこれるでしょう。もちろんそんなに簡単な話じゃないのですが、そのへんのややこしいことは、こっちでちゃんと考えますから。

当たり前だ、と私は思わず心の中でつっこみをいれた。そんなのそっちがやることに決まっているではないか。

それで、肝心のこの映画の内容なのですが——。

ミノ氏は落ち着きなくあたりを見回して、なんとも芝居がかった様子で声を落とした。

あ、言っときますけど、これって、まだオフレコですから、念のため。

＊

舞台になるのは、ここ。

そう、この町です。

今では緑台などと呼ばれていますが、このあたり一帯は、かつては赤虫と呼ばれていました。今でも、バス停の名前なんかには残ってます。ホーチミンが今でもサイゴンと呼ばれてたりするようなものかな。違うのかな、わからないけど。あ、どうでもいい、と思われるかもしませんが、そういう町の歴史にもかかわることなんですよ、この映画の成り立ちそのものが。

それに、そういうのを織り込んどくと、さっきも言いましたけど、地域の活性化って名目で、助成金も引っ張りやすいし、それ以上に、地域の協力が得られます。映画っていうのはお金がかかるんです。弁当代だって馬鹿になりません。

まあそういう細かい事情は置いといて、このタイトルからもおわかりの通り、怪獣映画です。いいですか、怪物でもモンスターでもクリーチャーでもなく、怪獣、です。ね、わかっていただけますよね、怪獣。それも巨大怪獣、です。

そこで、先生ですよ。うん、先生の作品には、もちろん怪獣そのものは出てこない。私は愛読者ですからね、それは知ってます。でもね、それはあれなんだな、愛なんだ。

ねっ、図星でしょう。

愛するが故に出さない。簡単には出せない。自分で納得できないと、出すことすらできない。そういうことなんだ、そうでしょ、いやいや、わかります。そりゃあわかりますとも。だってね、それはもうひしひしと伝わってくるんだ、行間から。そりゃそうだ、もっともですよ。ねえ、おいそれとそんなものは出せません、怪獣なんてものはね。うん、出せっこない。そりゃあ出したい、出したいんだけど、でもここで出してしまったらそれでお終いなんじゃないか、なんてね。つい怖くなってしまうんですな、自分自身の思いの強さが。うんうん、その気持ちよくわかる、わかります。つまり、それが愛です。いや、なんなら性欲と言い換えてもいいですね、性欲性欲。

でかい声でいったい何を言いだすのだ、この男は。

私はぽかんと口を開けたまま思った。

だいたいオフレコとか言いながら、声をひそめていたのは最初だけで、途中からは興奮したのかなんなのか、店中に響き渡る大声ではないか。

すっかり呆れかえっていると、そんな私の表情から何をどう読み取ったのか、男は勝手にうなずいて、さらに言葉を重ねる。

でしょう。うんうんうん、いや、まて、ちがうか。うん、違うな。違う違う。愛だの性欲だのセックスだの、そんな喩《たと》えじゃ軽すぎます。そうだ、いふ、そう、いふですね。もしものイフじゃないですよ。古のものへの畏怖。大いなる存在への畏怖《いふ》。そして、名状しがたいものへの畏怖。そういうものがね、作品から感じられるんです。怪獣としか言いようのない何か。それが見える。名づけることすらできない怪獣、それが行間に存在しているわけです。そう、行間にしか存在し得ない存在。ね、そうでしょう。いえ、わかります。私にはちゃんとわかる。見えるんです、そういうものが。

たとえば、「亀伝」も「電気亀伝」、あ、それからなんと言っても「天六亀」ね。「あの亀は噛みますよ」なんてのは名セリフですなあ。いや、もちろん亀シリーズだけじゃない。「メダカマン」も「ヒメダカマン」も「タニシ氏の生活」も「ジャンボタニシ氏の日常」もね。

どの作品にも、そういうものの影が見えます。巨大な怪獣のその影の中から書かれている。うん、そう言っても過言《かごん》ではないっ。

男は続ける。言ってることはあいかわらずわけがわからないが、じつはそれほど悪い気はしない。むしろ、へええ、そんなに熱心に読んでくれてるのか、と私は感心し、そして素直に喜んだ。そんな人は珍しい。取材なのに、あいにくまだ一冊も読んだことはないんですが、なんてことを堂々と本人の前で言うような奴も珍しくないのだ。

へーえ、そうなんですか、よくあんなの手に入りましたねえ。絶版とか品切れのままのもけっこうあるでしょう。

私が言うと、はいっ、とミノ氏は大きくうなずいた。

もちろん、どれも簡単に手に入るようなものではないですっ。

そのあまりにきっぱりとした返事には、すこし悲しくもなったが、しかし本当のことなのだから仕方がない。それどころか、いつのまにやら私が思っている以上に手に入らなくなってしまっているようなのだ。なにしろそういうことを出版社はいちいち知らせてくれない。ネット書店とかで見て、「この商品はお取り扱いできません」とかになっていて初めて、あれあれ、もうそうなってしまっているのか、などとわかったりする。

いやもう、どれもこれも、マニアが涎《よだれ》を垂らすような値打ちものばかりですよ。

そんなダメ押しまでされてしまった。まるで絶滅危惧《きぐ》種である。しかしそうなるとますます、そんな私に、ノベライズだろうがなんだろうが、わざわざ仕事の依頼をしに来てくれているのだから、ここはありがたく引き受けておくべきなのだろうなあ、という気持ちになる。

ええっと、それで、つまり私がやるのは、その映画のノベライズ、ということなんですね。

念のために尋ねた。ところが、のべらいずう？　と、ミノ氏はものすごく驚いたような顔で私に問い返してくる。

なんですか、それは？

いや、たしか電話では、映画のノベライズだっておっしゃってたと思うんですけど。

ミノ氏の反応にとまどいながら、私は答えた。

そのまましばらく黙って宙《ちゅう》を見つめていたミノ氏が、ああ、そうかあっ、と突然甲《かん》高い声をあげた。

うわっ、そうかそうか、なるほど。そういうふうに受け取られてしまってましたか。やっぱりあれだなあ。こういうのは直接会ってきちんと話さないとこちらの真意というのは、なかなかちゃんと伝わらないものですねえ。いや、まいったまいった、ああ、ノベライズねえ、なるほどノベライズ。ノベライズ、というふうにとることもできるのか。

うんうんうん、とまだひとりうなずき続けている。

それじゃ、ノベライズではないんですか。

恐る恐る尋ねてみた。

はい、ノベライズではありません。

ミノ氏はきっぱり言った。

映画の小説化です。

いやいやいや、と戸惑いながら私は尋ねるしかない。ですから、それはノベライズってことでしょう。

いえいえいえ、とミノ氏。ノベライズじゃないですよ。

もしかしたらこの人は、ノベライズという言葉を知らないのではないか。ふとそんなことを思ったりもしたが、いくらなんでもそんなことはないか。たぶん、さっきの「怪獣」のように言葉へのこだわりがあるのだろう。たとえば何かのノベライズを読んで、こんなのノベライズじゃないっ、などと言うようなタイプ。

なんにしても、ちょっとややこしそうだ。ここでヘタに突っ込んで尋ねたりすると、そういう個人的なこだわりを長々と聞かされそうな気がする。だいたいそういう人は、そんなこだわりを開陳するいい機会を常にうかがっていて、聞き手の興味に関係なく、ただ自分の楽しみのためにそうするのだ。さすがにそんなものには付き合いたくない。

だからあえて聞き返したりせず素直に、ああなるほど、ノベライズじゃなくて小説化でしたか、と納得した様子でうなずいて、あっさり流すと、案の定、ミノ氏は一瞬、猫騙しでもくらったような顔になる。ノベライズについてあれこれ語ろうと準備していたのに、それを外されてがっかりしたのに違いない。しかしすぐに気を取り直したのか、満面の笑みで大きくうなずいた。

そうですそうです。さすがにプロは話が早い。そのあたりをいちいち説明する必要なんかないんですなあ。まあ当たり前ですけどね。

そう言っていきなり右手を突き出してきたのは、どうやら握手を求めているらしい。

なぜここでそういうことをするのかさっぱりわからない、そもそも握手などという習慣もないからそのままにしておくと、その右手のやり場に困ったのかしばらく空中をひらひらさせてから、ようやく砂糖入れに手を伸ばし、スプーンに山盛り一杯分をコーヒーに入れ、それからこっちを見て、おいくつですか。

いやいいです。

そんなものを誰かに入れてもらう習慣はない。だが、またしてもミノ氏はひとり大きくうなずいて、ああなるほど、ブラックですか。じつは私もそうなんですよ。さっきはつい勢いで入れちゃいましたけど。

そう言いながら、コーヒーを一口飲んでちょっと首をかしげ、さらに砂糖をもう一杯入れてかき回しながら、私に向き直った。

ところで、お引き受けいただけますか。

いや、私にできることならいいんですが、ちょっとまだ、なんとも――。

私は、テーブルの上の企画書をぱらぱらとめくりながら言った。

大きくタイトル、それに続いて予定しているらしいスタッフの名前。それから協力を仰ぐ商店街の名前とか町内会とか。それに混じって、私の名前も（仮）として入っていた。

続いて、映画についてのいろんなことが箇条書きになっている。

物語の舞台はこの町と周辺、そして、実際の撮影もここで行う、ということ。

あとは、怪獣に対するミノ氏の熱い思いが何枚にもわたって綴られている。そこまではいいのだが、肝心のそのストーリーについては何の記述もないのだ。

ええっと、ちょっとこれだけではよくわからないんですが、と私は言った。ストーリーとかシナリオなんかは、どうなってるんでしょうか。

あ、それはまだです。

ミノ氏はきっぱりと言った。

これからです。

私はかなり驚いた顔をしたはずだ。呆れたのを通り越して驚いた。

いやいや、まだ、って言われても。

思わずそう叫びそうになったが、それはさすがに堪えた。

ああ、まだなんですか。

はい、まだなんです。

映画なんて、まずシナリオが始まりではないのか。どれだけ情熱があるか知らないが、そんないいかげんな企画には係わりあいにならないほうがよさそうだ。

正直、そう思った。

そんな私の表情から何かを感じとったのか、慌てたようにミノ氏が言う。

いや、シナリオはまだなんですけど、でも、もちろんちゃんと準備は進んでいますよ。決定していないだけです。そうそう、そういうことですよ。小説化することさえ引き受けてくだされば、すぐにでも動き出します。仕事に取りかかっていただけることがわかれば、すぐに全部が動き出すんです。そうですよ、言わば、この返事によって、動くのを待っている。つまり、小説化が決まったら、それをきっかけにすぐに動き出します。言わば、その合図待ち、なんですよ。どうでしょうか？

いや、どうでしょうか、って言われても。そもそもなぜ、そんなものを待っているのかがわからない。というか、そんなはずがないではないか。なのに、本当に返事を待っているのであろう様子でじっと見つめてくるので、仕方なく私は言った。

あのですねえ、だいたい、シナリオもできてないしストーリーもわからないのに、それを小説化できるかどうかなんてわからないし、ましてそれに取りかかる、なんてことはできませんよ。

えっ、とミノ氏は大きく目を見開き、まじまじと私を見て、そして大声で言った。

そうなんですか？

そりゃそうですよ。だってストーリーもまだできてないものを、どうやって小説化するんですか。

プロでも？

いや、プロとかアマとかの問題じゃないと思いますけど。

うーん、そうかそうか、そうですか。うん、わかりました。そういうことでしたら、とにかくできているものからどんどんシナリオをお渡ししていきましょう。それならいいでしょう。ねえ、それでなんとかお願いしますよ。そうだ、とりあえず今ある分だけでも――。

ミノ氏はまくしたてた。

ね、いいでしょう。ここはひとつ、お願いしますよ。

よくわからないが、映画の世界というのはそういうものなのかもなあ、と思い直した。そしてもちろん、私は贅沢を言える立場ではないのだ。

もし目を通して、これではとても無理だ、となれば断ればいいのだし。

とりあえず、その「今ある分」を見せてもらうことにした。

＊

はいはいはい、こっちですよこっち、あ、足もとに気をつけてください、狭いですから左右にも注意ですよ、とミノ氏に導かれるまま高架沿いの細い路地をぐねぐねと入って行くと、トタン板とブロック塀《べい》の隙間にある狭い下り階段の前に出た。

もともと狭くて入り組んだ路地が好きで、用も無いのにこのあたりをけっこううろうろしている私だが、それでもこんな場所は知らなかった。

身体を斜めにしないと通れない幅のそのコンクリートの階段をミノ氏は下りていく。コンクリートの階段はもっと古い石段に繋がっていて、それもなかなかいい感じだ。左右は古い堀の跡のようでもある。

しかしそれにしても、いったいなぜこんなところにシナリオが――。

そう尋ねようとしたとき、ミノ氏が振り向き、先に言っときますけど、どこまで出来ているかはわからないんです、もしかしたら全然かも、などとさらに頼りないことを言う。

石段は高架をくぐってさらに下へ下へ。その両側は古い石垣で、もしここで地震でも起きたら挟まれてしまうのでは、と怖くなる。

下り切ったところに横穴のような通路があって、その左右には商店が並んでいる。看板などを見ると、どうやらここも同じ市場の一角らしい。

それにしても、石段をだいぶ下ったから、ここは地上ではなく地下だろう。

あの市場にこんなところがあったとは、今まで知らなかった。

そんなことを思いながら、ミノ氏について歩いていく。

もともと蟻の巣のように入り組んだ古い市場で、これまでこんな奥へと入ったことはなかったから、それだけでも珍しい。立ち止まってじっくり観察したいところだが、ミノ氏はずんずん進んでいく。

天井には白熱電球がいくつもぶらさがっていて、その下を野菜や魚の入った木箱や発泡スチロールのケースを抱えた人々が忙しそうに行き来している。

どうみても一般客ではない。飲食店などの仕入れに来た人たちだけの、いわばプロだけが入れる区画なのか。こういう大きな市場には、きっとそういう場所もあるのだろう。

ミノ氏に言うと、彼は振り向いて嬉しそうに笑った。

そりゃそうでしょうね。だって、ここに入れるのはギョーカイ人だけですから。

ああ、やっぱりそういうことか、と納得する私に、ほら、匂いからして魚貝っぽいでしょ、などとミノ氏は言う。その魚貝？　あるいは只の冗談か。どう答えていいのかわからないので、それは聞こえなかったふりをするが、いやしかし、それはそれとして、である。

こんなところにシナリオが?

そう尋ねると、ミノ氏はちょっと困ったように答えた。

いやまあ、ですから、ほんとに出来てる分だけですよ、あくまでもね。今回のところはそれだけで勘弁してください。がんばって急かしますからね。

ということは、聞き間違いとか勘違いではなく、シナリオはやっぱりここにあるらしい。シナリオライターがこのあたりに住んでいる、あるいは、この市場の一角を事務所として使っているのか。

続けて尋ねようかとも思ったが、どうせすぐにわかることだから、そのままついていった。

何度か角を曲がったところで突然、はい着きました、どうも長旅ご苦労さまでした、とミノ氏が私にぺこりと頭を下げた。

ここです、とミノ氏の言うそこは、どうみても豆腐屋の店先である。

そのまま店の奥へと声をかけた。

おおいっ、いるかあっ、こないだ頼んどいたやつ、ちょっとはできてるかいっ。

店の表には水が張られた四角いステンレスの枠がずらりと並んでいた。

四角い水面が白熱電球の光を反射し、帯状の模様が壁でゆらゆらと揺れている。銀色の水槽の中には、豆腐やら蒟蒻《こんにゃく》やらがその比重に応じて浮かんだり沈んだり。

それにしてもいったいこれはどういう状況なのだろう、と流水に揺れる木綿《もめん》豆腐を見つめながら私が考えているその間もミノ氏は、おおおいおおおいっ、と繰り返しているが、返事は無い。

何度目かで、ったくしょうがないなあ、とつぶやきながら、細長い土間《どま》にかかった暖簾《のれん》をかき分けて店の奥へと入っていく。

おおい、お客さんだよお。

すると、奥からようやく、ああ、はいはいはい、と女性の声が聞こえてきた。

なんだ、いたんだ。

ちょっと手が離せなくて。

まあそれは仕方ないけどさ、とミノ氏。あいつ、いますか？

えー、どうだろ、ちょっと待ってくださいよ。

あいかわらず事情の飲み込めない私は、水の中で揺れる木綿豆腐を見つめて店先に突っ立っている。

ちょっと出かけちゃったみたいですねえ、と先ほどの女性の声。

どうも申し訳ありませんね。

えっ、そうなの。なんだよ、いつも引きこもってる癖して、肝心なときにもう。

すいませんねえ。

いやまあ約束してたわけじゃないから、それは仕方ないんだけど。しかし、いないんじゃなあ。困ったなあ。

そこでまたしばらく沈黙があって、なにやらごそごそしている音が聞こえ、そして――。

あのお、ちょっとすみませんっ、というミノ氏のその声は、どうやら表の私に向けて発せられたものらしかった。

お待たせしちゃってます。あ、先生、まだいますよね？　怒って帰ったりしてませんよねっ？

いますよ、と私は店先から返事した。

ああ、よかったあ。あのですねえ、とにかくできてる分だけなんですけど、とりあえずちょっと見るだけ見ていただけますかあ。

紺色に白く豆腐の絵が染め抜かれた暖簾のその間からミノ氏の右手だけがひょいと出て、手招きした。

暖簾をくぐると、店の奥は意外に広い。狭い間口が途中から大きく広がって壷のようになっている。

そこが作業場なのだろうか。

天井にはやたらと長い蛍光灯《けいこうとう》が一本だけ。

ほんとにすみませんねえ、と割烹着《かっぽうぎ》を着た女性が頭を下げた。

ああ、いやいや、お母さんがあやまることじゃないですからね。

ミノ氏は女性にそう言ってから、小声で私にささやいた。

どうも昨夜から、シナリオライターが行方《ゆくえ》をくらましちゃってるみたいなんですよ。まあシナリオライターっていうか、つまり、この豆腐屋の息子なんですがね。

うちの息子がいつもお世話になってます、と女はしきりに私に頭を下げる。

ああ、いえいえ、と私も恐縮するしかない。

あの子もね、やればできる子なんですけどねえ、あっ、いや、怠けてるってわけでもないんですよ。根は真面目《まじめ》ですからね。ただ、なんていうんですかねえ、凝《こ》り性なところがありまして、そういうところはなかなか妥協できないらしくて、そうなると、なんていうんですか、すぐに悩んじゃうし、くらましちゃうんですよね、それで仕事が遅れていつもいろんなところに御迷惑をおかけしたりして、すぐにどっかに姿をもそうなんでしょ、ほんとにもうあの子は、今度ちゃんと言っておきますから、これからもなんとか仕事を回してやってくださいね、ほんとにねえ、すみませんねえ――。

ああ、いやいや、いいですいいです、お母さん、あとはこっちでやりますから、どうぞお気遣いなく。

ミノ氏は、ぺこぺこと頭を下げ続ける女の腰を両手でつかみ、そのまま置き物でも持つようにひょいと持ち上げて、すたすたと店のさらに奥へと運んでいってしまった。あ、ちょっとここで待っててくださいね、と私に言い置いて。

＊

ひとり残された私は、あらためて部屋のなかを見まわした。

中央には、四畳半くらいはありそうな正方形の枠があって、その内側は白濁《はくだく》した液体で満たされていた。店の表にあった金属製のものではなくて、檜《ひのき》風呂を思わせる木製で、かなり年季が入っている。膝《ひざ》くらいの高さのその濁った水面には、天井の蛍光灯が映っている。

このなかで豆腐が作られているのだろうか。

もっとも作り方は知らないし、もちろんそんなものを見るのは初めてだ。膝を折ってしゃがみ、水面を覗《のぞ》き込む。こういうのはけっこう好きなのだ。

なんだか工場見学みたいな気分である。

身を乗り出して水面にめいっぱい顔を近づけてみたが、濁った水のなかには、豆腐らしき影も形もない。豆腐ではないのかな。それとも、この白い水自体がそうなのだろうか。これが固まって、この枠いっぱい、四畳半ほどもあるような巨大な豆腐が出来て、それからそれを切り分けるのだろうか。

もしそうならおもしろいが、でもそんなことはないだろうな。いくらなんでも大き過ぎる。そんな大きさの豆腐では、自身の重みを自分で支え切れずに潰れてしまうはずだ。豆腐では見たことがないが、番組の企画で作られた巨大プリンが潰れるところは、テレビで観たことがある。

そういえば、怪獣についてもそんなことを考えたことがあったな。

そうだ、そもそも、あんなに巨大で重いものを支えられるような肉体の組成は、生き物としては考えられないのだ。

たとえば、身長が五十メートルとか百メートルとかもあるような、我々にはお馴染《なじ》みの巨大怪獣は、もし立っていられたとしても、一歩踏み出そうと体重を移動させた途端、その自重で崩れてしまうはずだ。大暴れするどころではない。

サイズだけなら幾らでも大きくできるだろうが、同時にその重量を支え、運動にともなう力に耐えるだけの強さが必要になる。そして生物の骨の材質を考えるとその強度には限界がある。ただ単純に、同じ縮尺で大きくすればいいというものではないのだ。

まあそれはそれとして、自分自身の重さを支え切れずに自己崩壊していく巨大怪獣、というのはかなり魅力的なイメージで、何度も何度もそんなシーンを夢に見たほどではあるし、それに、従来の生き物というか、現存する生物からの類推をそのまま怪獣にあてはめる必要はないか、とも思う。

現実に存在したと思われる生物。たとえば、恐竜のようなものの構造と比較することで、こんな大きなものは存在できない、というようないちゃもんを付けるのも一時期流行したが、それもどうか、と思っていた。そう、一見、科学的なようなその手の説明は、一種の遊びとか趣向としてはおもしろいとは思うのだが、しかしそれが本当に科学的なのかとなると、首を傾《かし》げざるを得ない。

これが恐竜に対してなら、それでいいと思う。しかし、ことは怪獣である。そんなもの、はじめからいないのだ。この世界にいたことなどないのだ。

存在すらしたことのないものを、現実に存在している生物と比較して、こんなものが存在できるはずがない、と主張するのが、はたして科学的に正しい態度と言えるだろうか。我々が知っている生物という狭い範囲においてのみ、それは物理的に不可能というだけのことであって、むしろ、いったいどんな組成でいかなる原理が働けばそんな巨大怪獣を存在させることができるのか、ということをあれこれ考えるほうが遊びとしておもしろいし、科学的な態度といえるのではないのか。なによりも、そういう安易な否定は、洒落《しゃれ》がわからない、というか、あまりにも大人げない。そうとも、そんないちばん安易な方法で否定することで利口ぶるというのは、科学に対しても怪獣に対してもずいぶんと失礼なことではないか。だって、そのお話の中には実際に怪獣はいるのだ。立つことすらできないはず、などとしたり顔で言ってみたところで、実際に立っているし暴れているではないか。

そう、子供の頃から、そんなことを思っていた。そんな世間の無理解にいちいち腹を立てていた子供だったし、考えてみたら、大人になってからもそうだった。

こうして豆腐を見ただけでそういう感情が再生され、なんとなく落ち着かなくなってしまう。こっちはそんなことは百も承知でこれがいいと言っているのに、何がそんなものはあり得ない、だ。そんな薄っぺらな知識で、なんでそんなことが言い切れるんだ。そうそう、ああ思い出しても腹が立つなあ。とまあ今だってそんな具合だから、じつを言えば、ミノ氏の言うことにはかなり共感しているのである。

恐竜でも怪物でもなく、怪獣。

その感覚は本当によくわかるのだ。

そして、そんな映画になるのなら、是非観てみたいし、どんな形であれ関わりたいとも思っている。

濁った水面を見つめたまま、そんなふうに怪獣のことを考え続け、ようやくそれが一段落したところで、あれれ、まだ帰ってこないのか、いったい奥で何をやっているのだろう、よっこらしょ、と立ち上がろうとした途端、目の前の水を割って、ざばっ、とそいつが現われたのだった。

頭が真っ白になる、というのは、ああいう状態を言うのだろうなあ、とは後になって思ったこと。

そのときはただ、あわあわあわとつぶやきながら、水槽横の漆喰《しっくい》の床にへたり込んでいた。逃げようとはしているのだが、立てない。なるほど腰というものは本当に抜けるのだなあ。いやそれにしても、腰が抜ける、なんて、じつにうまい表現だ、とか。

頭の隅では、妙に冷静にそんなことを思ったから、そのときにはもう頭の中は真っ白ではない、ということになるが、まあそんなことはどうでもいい。

私は床にへたり込んだまま、後ずさりしたはずだ。水面に突き出たそいつを見上げながら。まるで自分が目にしているのではないかのように、そいつを見ていた。他人事みたいに。

そいつにいちばん似ているのは、鰐《わに》の顎《あご》だろう。

ただ知っているような鰐と違って、上顎と下顎がふたつずつ、つまり二頭分の顎が直角に組み合わされた形で、私の方に向かって大きく開いている。

花びらが四枚の花のようでもある。

ただ、その一枚一枚の花びらが、鰐の顎なのだ。

どくどくしいピンク色をしたその内側には、白くて尖った歯がびっしりと並んでいる。

歯並びなどというものを無視して、歯茎に生えさせられるだけ生えさせたような歯列だった。歯の大きさが揃っていないのは、後から後からいくらでも生えてくるからか。

大きさはばらばらだが、歯というよりも千枚通しの先のように鋭く尖ったその形状だけはすべて同じだった。

濁った水槽から立ち上がっているそれを支えているのは、触手の束のようなもので、蛸《たこ》の手だか足だか、そんなものに見えなくもない。

ぬめぬめしているからよけいにそう見えるのか。吸盤があったのかどうかまではわからないが、とにかく下の部分は鰐ではなく、蛸に近い。

そして、それだけならまだしも――いや、何に比較してまだしも、と考えているのか私自身にもよくわからないのだが――、鰐みたいな巨大な顎と蛸みたいな下半身と間には蝙蝠《こうもり》の羽のようなものまでついている。水の中から出てきたというのに。

生き物としての整合性も何もない、子供のいたずら書きのような、と言うか、ようするに怪獣としか言いようのないわけのわからないものが、こっちを見ている。

これがもし鰐であれば、顎を開いて同時にこちらをまっすぐ見つめるというようなことはなかなかできないのではないか、と思う。実際そういう状況に陥《おちい》ったことがないので、断言はできないのだが、しかし鰐の場合、その目の位置からして、なかなかそういうことはできないような気がする。

ところが、見つめられている。

それはこれが鰐ではないからで、つまりその目は鰐の目の位置にはない。では、どこにあるのかと言えば、大きく開いた顎のその奥なのだから、まさにでたらめだ。

顎の奥から金色の目玉がひとつ、こっちを見ていた。

そんなところに目がある生き物など見たことも聞いたこともない。

突然、背中に何かがどんとぶつかった。

ぎゃあと叫んで、振り向いたら壁。

自分でも気づかないうちに、じりじりと後ずさっていたのだ。すこしでも顎から遠ざかろうとしていたのだろう。

ところが、あいかわらずすぐ目の前に顎はある。つまり、亀が首を伸ばすように顎はこっちに迫ってきていて、そして私はもう後がないところまで追い詰められている、ということになる。

あいいいいあああおおあああああ。

そいつの喉の奥から、そんなあくびのような声が漏れ、生臭い息のようなものが顔にかかった。

全開になっている顎が、そこからまだ裏返ろうとでもするかのように、めりめりとさらに開く。そして、その奥のひとつ目が、あいかわらず私を凝視《ぎょうし》している。

このまま、食われると思った。

誰でもそう思うだろう。

身体がすくんで動かない。

ありきたりの言い方だが、蛇《へび》に睨《にら》まれた蛙《かえる》。身体が勝手に観念してしまってる。

白くて尖ったぎざぎざの歯が迫ってくる。

目を閉じるか閉じるまいか、迷うところだ。

目を閉じるのは怖い。しかし怖くて目を開けてはいられない。自分がどうしたいのかわからない。どっちみちこれではどうにもできないのだ。覚悟する以外は――。

股間が生温かくなった。なるほど、こうなるのか、と妙に覚めた頭で思った。

そして——。

私は頭から呑まれた。

ぬぽっ、とスポイトに吸い取られるように管の中に身体が入っていくのがわかった。内側はぬるぬるでよく滑る。

ああ、噛むんじゃなくて蛇みたいに呑むんだな。あんなに鋭い歯があるのに。不幸中の幸い、とはこういうことか。

呑まれながら、そんなことを思った。

そして、いつのまにか生ぬるい液体の中にいた。

白く濁った光に満たされていた。

不思議にも息苦しくはなかった。

液体の中なのに息ができているのか、それとも息をしなくてもいいのか。いや、それよりも、自分と自分のまわりの液体の区別がつかないのだ。それで息をする必要がないのだろうか。

そんなことを思った。

液体の一部として静かに浮かんでいた。これはこれで気持ちいい。そうも思ったような気がする。

そのまま、だんだん冷えていった。

まわりと同じように冷えていくので、冷たさは感じない。ただ、冷えていることがわかった。自分も含めて、周囲が固まっていく。このまま冷えて固まる。たぶん時間もいっしょに固まって動かなくなるのだ。

そう感じた。

光の速度が遅くなるように、まわりが暗くなっていった。同じように何も考えられなくなっていく。

すべてが固まっていく。

それがわかった。

肉体の感覚として。

そして——。

その先がわからない。

その先には何もなくて、そのまま何もないところに行こうとしていたところで、無理やり引き戻されたような——。

そう感じたのは、さっきまでは苦しくなかったのに、いきなり苦しくなったせいかもしれない。

おかしな音をたてて自分の喉《のど》が鳴った。

そして、派手に水を吐き出していた。

ごぼごぼごぼと気管から水が吹き出てくるのがわかった。その合間に息をして、またごぼごぼごぼと水を吐いた。

涙が出た。

涙に滲《にじ》む視界に入ってきたのは、上下左右に開いていた顎を閉じて太いバナナのような形状になったそいつが、フィルムを逆戻しするように白濁した水の中へとずぶずぶずぶと沈んでいくところ。

ずぼぼぼぼ、と水面を泡立てながらまっすぐ沈んでいったから、この水槽はかなりの深さがあるらしい。床に置いてある水槽ではなくて、地面に掘られた井戸のようなものを枠で囲っているのだろうか。茫然《ぼうぜん》としながら、そんなことを思って――。

そして、もうそこには何もいなかった。ただ大きな波が、とぷん、とぷん、と揺れているだけ。

いやあ、あぶなかったなあ。

ミノ氏が言った。

なぜか私の腰を両手できつく掴《つか》んでいた。

危《あや》うく吸収されちゃうとこでしたよ。幸い、リバースしてくれたけど。

そう言いながら、ミノ氏は、嘔吐《おうと》するような格好をして見せる。いちど呑み込んだが、吐き出した、ということなのだろうか。朦朧《もうろう》とした頭で私は思った。

それにしても――。

ミノ氏は私の股間を見て言った。

ずぶ濡れじゃないですか、とくに下半身。すぐ着替えないと風邪をひいちゃいますね。

いや、これは。

そんな私の返事を待たずに、店の奥に向かって叫んだ。

おおいっ、ちょっとお、なんか着替えないかあっ。

ああ、いや、家はすぐそこですから、このまま帰ります。

ばれる前に、とにかく早く帰ろう。

そう思ってどうにか立ち上がったが、足はまだがくがくしていて、なんだか自分のものではないみたいだ。

それじゃ、私はこれで。

つぶやくように言って、壁伝いによたよたと歩いた。

そうですかあ、とミノ氏は申し訳なさそうに言う。

どうもすみません。ついうっかりして、言っとくのを忘れてたんです。

えっ、何をですか？

気をつけないと噛まれますよ、って。あっ、噛まれませんでした？

私は力なく首を振った。

でも、ま、このくらいなら噛まずに呑むか。

そう言ってミノ氏は笑ったが、なにがおかしいのかさっぱりわからなかった。

あのね、基本的には大人しいんですよ。でもね、好みの人を見ると、ちょっとじゃれついたりすることがあるんです。だから、あんまり近くで覗き込んだりはしないほうがいいんです。それをちょっと言い忘れてました。うん、噛むって言ってもね、あま噛みなんです。あま噛みでも、けっこうきついですけどね。

ぜひ言っておいて欲しかった。私としてはそう言いたかったが、黙っていた。今さら文句を言っても仕方がないし、喉がからからからに渇いて貼りついたようになっていて、ちゃんと声が出るかどうかもわからなかったし。

そんなことより何よりも、ぐっしょりと濡れたズボンが冷たかった。早く家に帰って、これをなんとかしたい。切実にそう思った。

ええっと、それじゃとにかく今日のところは、私はこれで。

そのまま、のたのたとこの場を立ち去ろうとした私の目の前に、とりあえず今ある分はこれだけなんですけど、とにかく出来てる分だけでも持って帰ってください、とミノ氏が差し出してきたのはビニール袋に入った白いソフトボールのような塊《かたまり》。

なんですか？

いちおう尋ねはしたが、尋ねるまでもなくどう見てもそれは、おからだ。

ミノ氏はしきりに恐縮しつつ、いやあほんと申し訳ないんですが、今日のところはシナリオっていっても、それだけしかないんです、いやいやいや、おっしゃりたいことはわかります、なんだこれは、ほんとにやる気があるのか、ってね。はい、そう言われても仕方がない。でも、品質には自信があります。他では出せない味が出ているっていうことだけはね、それだけでもきっとわかっていただけると思います、とにかく前向きにご検討ください、とそのビニール袋を私の手に押しつけるようにした。

ビニール越しに両手で触ってみたが、やっぱりおからだ。おからにしか見えないし、おからとしか思えない。おからに違いない。

まあ豆腐屋なのだから、おからがあるのはなんの不思議もない。よくしぼってあるのか、それはしっかり締まって固く、冷たく、手にずしりと重い。

ま、そういうことですから、今日のところはこれでご勘弁を、とミノ氏。

はあ、とわからないまま私は頭を下げ、それでは、とその場を努めてすばやく離れたのだ。

全身、とくにズボンがそういう状態なので商店街は通らず、回り道にはなるが裏路地をぐねぐねと抜けて、家まで帰ってきた。

あれはいったい何だったのだろう。

食おうとしたわけではないのか。

ミノ氏の言葉を思い出し、そう考えた。

じゃれついたりあま噛みすることがあるんですよ。

まあそうだろうな。向こうが本気で食おうとしていたのなら、確実に食われていたはずだから。

頭の奥で、私はそう確信していた。

あらま、いったい何をやってきたの。

私の姿を見て、呆れたように妻が言った。

まあちょっといろいろあって、と私はつぶやき、そのまま風呂場へと直行した。

湯沸し器のガスに点火して、タイルの上でズボンを脱ごうとしたところで手に持ったままのビニール袋に気がつき、おおい、と風呂場から妻に声をかけ、ガラス戸の隙間からおからの入ったビニール袋を差し出した。

あら、おみやげ？

妻が笑って受けとる。

映画関係者にしては、けっこう気がきくじゃない。

そんなもんかね。

濡れたズボンとパンツをもそもそと脱ぎながら、私は言った。

えっ、まだ沸いてないよ。

そう言う妻に、いや、大丈夫大丈夫。

だって、寒いでしょ。

いや、寒くない。

もちろん、寒くないはずはないが、もし漏らしたことがばれたら後々何を言われるかわかったものではない。一刻も早く証拠を隠滅《いんめつ》しなければ。

風呂場で震えながら、水道の水でズボンとパンツをざぶざぶ洗った。

それにしても、いったいなんでこんなことになったの？

風呂の外から妻が言う。

打ち合わせだよ、打ち合わせ。

へええ、と妻が感心したように問う。

そんなにずぶ濡れになってまで打ち合わせをするくらい乗り気になったんだ。ま、あなたって、昔から怪獣が大好きだものね。

うん、まあ、そうかな。

そう答えた自分の声がタイルに反響した。

なかなかお湯は溜まらない。

それにしても、妻に打ち合せの内容を尋ねられたら、いったいどう説明したものやら。風呂場で思案していると台所から妻が声をかけてきた。

ねえ、肝心のシナリオって、まだこれだけしかできてないのね。

おいおい、よくそれがシナリオだってわかったなあ。

驚いて言うと、だって私はこの町の生まれだもの、と妻は当たり前のように答える。そのくらい、わかるって。

そんなものなのかなあ。

風呂場で震えながら、私はつぶやいていた。

二　ケーキ

そもそも映画のことなどよく知らないのだが、それでもよく知らないなりになんとなくその製作現場というか舞台裏みたいなものを想像してはいた。

しかしこうして自分で体験してみると、現実はそんな想像のどれともずいぶん違っている。正直、少なからぬ戸惑いはあったが、しかしもう引き受けて動き出してしまったのだから今さら、思っていたのとは違う、などと言っても仕方がないだろう。それに、楽しくない、というわけでもない。むしろ、けっこう楽しい。わくわくする。

次々に届けられてくるシナリオは、もちろんまだ第一稿のその前の段階である準備稿というやつらしいので、そういうこともあってか、かなり未整理であるとは思う。しかし中身はしっかりと詰まっている。それにやりたいことや表現したいイメージは明確で、なによりもまず、そこに込められた熱気のようなものがはっきりと感じられる。

うまく噛み合っていない部分はまだ幾つもありますが、問題点は年が明けて撮影が始まるまでになんとしても解決します。先日、シナリオライターである豆腐屋の息子も交えて三人で話したとき、ミノ氏は、そう熱く語っていた。今の時点でもかなりの手応えを感じているらしい。

そして、そんな力強いシナリオが次々と自分の中に入ってきているせいだろうか、毎晩いろんな夢を見る。

それも、長い長い夢。

今朝も、こんな夢を見た。

この町の裏側で、ある計画が進行している。

この町に潜入した前任者は、そんな言葉を残して消息を絶った。いったい彼に何があったのか。それを調査するために派遣《はけん》されたのが、この私なのだ。

そして私は、作家としてここにやってくる。

職業を「作家」にしておいたのは、この町を舞台にした作品を構想していてその取材ということにすれば、平日の昼間にうろうろしていても言い訳が立つからだ。

もちろん、この町、とは言っても夢の中でのことだから、実際のこの町とはいろいろと違っている。

この地域——赤虫——には古くから人面と呼ばれる技術が伝えられていて、そのための工場がこの町にはたくさんあった。それで、赤虫の中でもこのあたりは、「人面町」と呼ばれていたのだ。

だが、あるときを境に、その名前はこの世界から削除されたように消えてしまい、今となっては、ここで製造されていた人面というのがいったいどんなものだったのかすらわからなくなっている。

あらゆる記録は土地ごと上書きされた。

そんなふうにしか思えない。いったいどうやればそんなことができるのかはわからないが——。

どこまでが事実に基づいているのかは知らないが、夢の中ではそうなっている。そして、その設定はシナリオと同じ。つまりそれは、映画のシナリオと同じ町を舞台にした夢なのである。

最近になってこの町と無関係とは思えない不可解な事件が起きている。

まず、我が国のあちこちで同時多発的に囁《ささや》かれるようになった人面の怪物の噂。それだけならよくある都市伝説に過ぎない。しかし、それらを時系列に沿って遡《さかのぼ》っていくと、すべてがこの町にたどり着いてしまうのだという。偶然とはとても思えない。この町の裏側で、いったい何が起きているのか、その調査。そして、それをつきとめようとした前任者の行方は——。

それを明らかにするのが、私の役目なのだ。つまり、夢の中の私は、そんな任務についているらしい。だから私はこの町で作家に成りすまして生活していて、その報告書も小説の形で書いている。あきらかにフィクションであることを混ぜて書けば、もし何者かにこれを読まれても、これはあくまでも小説だ、と言い訳をすることができるから。

いかにも夢の中らしい理屈だ。

夢の中の私は、夢の中でそう思っていて、そう思いながらも、しかしそれが夢であることを忘れていることもある。まあそれが夢の特徴のひとつではあると思うのだが、しかし他人の夢を体験したことがないから、自分以外の誰かの夢もこんな感じなのかどうかは、なんとも言えない。

それにしても、人面技術とはいったい何なのだろう。そして、なぜそれが、削除されたように記録の中から消えているのか。私をこの町に派遣した調査機関の上司は、それを知っているようだ。しかし私には知らされていない。何か理由があるのだろうか。どうも最初からこの件には、きな臭いものを感じている。

それは単なる勘ではあるが。

と、ここまで書いたところで顔をあげて窓の外を見ると、やっぱりそうだ、ブロック塀の上から灰色のやけに大きな猫がこっち見ている。目があうと、あわてて目をそらし、とつとつとつとつと肉球を鳴らして立ち去った。まずいな。

スパイかもしれない。

スパイとして訓練された猫、つまり猫のスパイ、あるいは猫に変装したスパイという可能性も考えられる。

すこし不安になって、一階の土間に降りてみる。夢の中の私が住んでいる家の土間は、なぜかこの前行った豆腐屋の作業場そのままである。中央には、四角い水槽があって、そこには縁ぎりぎりまで白く濁った水が張られているところも同じ。

案の定、その横のステンレスの作業台の上に、オカラで山盛りになった丼がある。どうやら、夜のあいだに豆腐屋の息子が置いていったものらしい。

置いていくなら置いていくとひと声かけてくれないと困るのだが、その豆腐屋の息子ときたら特務機関の秘密任務を手伝っているということが嬉しくて仕方ないようで、変に手の込んだ連絡方法を取りたがるのだ。

しかし結局それも猫に見られてしまっているのではないか。

最悪の場合、次の猫集会で報告されるかもしれない。なにしろブロック塀の裏の月極駐車場では、定期的に猫集会が行われている。二階の物干しから覗くと、塀の上に下に、車の屋根にボンネットに、と数え切れないほどの猫が集まっているのだ。猫が情報を伝達するのは周知の事実であって、くれぐれも注意しなければならないのに。まったく、これだから素人は——。

ぶつぶつぼやきながら、水槽の底を手で探ってみると、真っ白な豆腐が一丁沈められている。

さっそく取り出して、さっきのオカラといっしょに食った。食ってみると作りたてということもあってなかなかうまい。ぼやいたことが申し訳なくなるほどうまいのだ。もちろんうまいだけでなく、情報もきちんと圧縮されていて、身体の中に取り込まれるし、おまけに腹も膨れる栄養もある。

すっかり満足したところで、さっそく今日の仕事に取りかかった。ようするに、これと同じことをやればいいのだ。

記憶を搾りだし、豆腐とオカラに分ける。そんな方法で取ったコピーなら、オカラと豆腐、両方そろわなければ読み込まれることはない。報告書のセキュリティは完璧だ。

そのための手順は、もうすでに頭の中に再生されているから、それにしたがって作業を進めていく。

夢の中の私は、やることに迷いがない。

まず、水槽の溶液の濃度を自分の肉体と同じなるように調整した。自分と同じ密度、同じ温度の液体に耳までとぷんと浸かって、水面に顔だけ出して天井を見る。

ぷかぷかと浮かんだまま、暗い天井をただ眺めていると、そこにいろんなものが見えはじめる。

最初に見えるのは、様々な色や大きさの円を組み合わせた曼茶羅《まんだら》のようなパターン。回転したり、配置を変えたりしながら、せわしなく動き続ける曼茶羅。

吸い寄せられるようにその細部を目で追っていると、中に自分の姿が現れる。

いや、自分の姿なのだと気がつく、というべきか。

そこにあるのは、ばらばらになった自分の身体のいろんな部分なのだ。それらが歯車のように噛み合って、それで動いている。

そんな自分を外から眺めている。

その繋ぎ目が弛んでいく。噛み合わせが外れて、いたるところで空回りが始まる。

そのまま細長い繊維にばらけていく。ばらけた一本一本は、黒くて細長い蛭《ひる》のようなものだ。

その頭には、ちゃんと顔がついている。私と同じ顔だ。それらが絡まりあって私の部品を作っていたのだ。

さらに、それらは縦にふたつに裂けて、一本だったものが二本になる。顔もきれいに右半分と左半分に分かれる。

そして、別れたほうが、最初にあった曼荼羅の隣に、もうひとつの曼荼羅を作るのだ。

もとの部品に戻るときには、横顔になる。

切断面は内側に向いているから、外から見ているぶんには、半分になったことはわからず、ただ、曼荼羅がふたつになったように見える。

継《つ》ぎ目が絞められ、噛み合わせが戻ると、そこにいるのはもと通りの私だ。

そして私の隣には、今さっき出来たばかりの、私と同じ構造体がもうひとつ浮かんでいる。

その形を崩さないように急いで、しかし、滑らかに冷やしていく。熱を奪うことで、構造を固めてしまうのだ。

いっしょに固められてしまう前に、私は水槽から脱出する。せっかく出来た自分の複製を壊さないように、できれば波ひとつ立てることなく――。

外に出てから、さらに凝固《ぎょうこ》作用を高めるため、にがりを入れる。これは新たな肉体へのミネラルの補給も兼ねている。

固まってしまうまでの間に、私は風呂に入る。身体の芯まで冷え切っているから、しっかり浸かってよく温まらないと。

熱い湯に浸かりながら、しかしこの私と、今さっき作られたばかりのもうひとりの私とはいったいどこが違うのだろう、などと考える。こんなことを考えているうちに自分でもどっちだったかわからなくなってしまうのではなかろうか、とかなんとか。まあ今のところはまだ、湯豆腐と冷奴程度の違いはあるが――。と、まあ、だいたいそんな風な夢で、これが続いていたり続いていなかったり、繋がっていたり繋がっていなかったりする。

毎日のようにそんな夢を見るのだ。その日もやっぱり見て、しかし夢の中ではある程度わかっていたつもりだったのに、思い出しているうちにどんどんわからなくなってくる。紐で編んであった絵がばらけてしまうように。

だからばらけてしまう前にこうして反芻《はんすう》しようとしたのだが、やっぱりもうわけがわからない。夢の中では、あんなになんの迷いもなく行動することができていたというのに――。

そしてこうして、起きても夢のことが頭から離れない。これは、あのシナリオのせいなのだろうか。それにしても、あまりに夢のことばかり考えていると他の仕事に支障が出てしまうな。

一瞬そんなことを思ったりもしたのだが、しかしまあこれも仕事というか、実際には頼まれている仕事はこれくらいしかないのだから、そんなことを言える立場ではないよな、などとぼんやり考えているうちに夕方になってしまった。そんなところへ、シナリオのいちばん新しい分をうちまで届けにきたミノ氏が、ああ、それからこれはお歳暮がわりに、と商店街で買ってきたらしいビールの六缶パックを一つ、私の前に並べたのである。

いや、お歳暮というより、ちょっと早めの忘年会、ってところでしょうか。

そう言いながら、ミノ氏はもうすでに缶を開けようとしている。飲むつもりなどなかったのだが、まあいいか。こういうことでもなければ、私もほとんど飲むことはない。ひとりで飲む気はしないし、人と会うのはここ数年、すっかり面倒くさくなってしまった。怪獣の話などしながらのちょっと早めの忘年会、というのも悪くないだろう。もっとも、忘年などわざわざしなくても、憶える尻からいろんなことを忘れてしまう私なのであるが。

ええっとですね、小説化のほうは、もうほんと、こっちのことは気にせず、自由にやってくださいね。

ミノ氏が、ぷし、と缶を開けながら言う。

あくまでも小説と映画は別物ですから。

いやあ、でも自由自由と言われても。

いや、だから自由ですよ、自由。自由にお願いします。それはもう、先生の中で自由に育ててください。

それでこそ小説化ですよ。小説家の小説化。

あいかわらず、よくわからない。

そうこうしているうちに、今さっきミノ氏が持って来たばかりのシナリオを妻が手際よく料理して出してくれる。ふむ、今回のは挽き肉といっしょに捏《こ》ねてフライパンで炒め、ハンバーグ風にしたか。

ああ、なるほど、これはぐっと咀嚼《そしゃく》しやすくなっていますね。飲み込むにも適している。しかも、本来の持ち味も殺してはいない。一品料理として、このままで充分に完成されてますねえ。

ミノ氏はしきりに感心する。

あ、いやいや、前にも言いましたけど、もちろんシナリオそのものとしての完成度はまだまだなんですよ、それはわかってますからね。これは、あくまでも素材です。これでいい、ってわけじゃない。ここからまだまだちゃんと作り込みますからね。その点は御安心を。それになんと言ってもこれはいわば、おから、なんですから。勝負はあくまでも、豆腐ですよ。もっとも、おからがうまくないことには、豆腐がうまいわけないんでね。うん、その点、このおからはいけてると思うんですよ。

ミノ氏は興奮した様子で喋っては食い、食ってはビールを飲んだ。

いやしかし、なんですなあ。奥さんはシナリオを料理するのがじつにうまい。ひょっとして、昔、こっち方面の仕事をなさってたことがあるんですか？

映画そのものというわけじゃないんですけど、まあこういう素材には子供の頃から馴染みがありますから。

照れたように妻が言う。

この町の者ですからね。

ああそうか、奥さんはもともとこの町の御出身ですよね、とミノ氏。

ええ、実家がそういう町工場をやってましたから、子供の頃からよく、ボツになったりいらなくなった素材をもらって、自分なりにいろいろ手を加えてみたりして、まあそういう真似事をして遊んでたんですよ。だから、ちゃんとした訓練を受けたってわけじゃないし、それにもうずいぶん昔の話ですから。

ああなるほど、それで。

ミノ氏は大きくうなずく。

いや、私としてもね、あれを最初に渡したあとで、どうやって読み込むのか説明するのをうっかり忘れてたなあ、なんて思ってたんですけどね。ほら、私もシナリオライターもこの町の出、ですから、ついそれが当たり前のように思っちゃうんですよね。ところが、それを説明しようとして翌日に電話したら、普通に感想を述べてくださったもんだから、さすがあっ、なんて感心ちゃいましてね。ああそうかあ、そういうことだったんですねえ。うん、奥さんがねえ、なるほどなるほど、縁ですなあ。

しきりに感心するミノ氏といっしょに私も、ああ言われてみればそういうこともあったなあ、などとつぶやいている始末。

なんでこれがシナリオだなんてわかったんだよ。

あの日、風呂から出て、妻にそう尋ねたのだ。すると、だってシナリオなんでしょ、これ、と妻が当たり前のように返してきた。

うん、そうなんだよな。

私は答えた。

よくわからないんだけどさ、これがシナリオだって言うんだよ。これいったいなんの冗談なのかなあ。

こんなのどうやって読めっていうんだろうなあ。

そうだそうだ、あの日、そんなこと言ったっけ。すると妻は、こうやって読むのよ、とすぐに料理してくれたのだった。

こうして思い出すまで、すっかり忘れていた。ほら、やっぱりわざわざ忘年などする必要はない。ついこのあいだのことなのに、なんだか夢の中の出来事のようではないか。

おっと、うっかりしてました、奥さんも一杯、どうですか?

ミノ氏が言った。

お酒は全然ダメなんですよ、と妻。

そうなんですか。

酔うとすぐに気持ち悪くなるし、そんなことになると、すぐに化けの皮が剥《は》がれちゃうから。

ああ、化けの皮がね。

ミノ氏は、わははと笑った。

化けの皮はよかったな。それじゃ、おからより油揚げのほうがよかったかもしれませんなあ、とすっかり御機嫌である。

しかしまあ、ご自宅でこんなふうに手際よくシナリオを読み込んでもらえるというのは、ほんとにありがたいですよ。普通はこっちでいろいろ用意しなきゃいけないんだから。たまたまそういうことができる奥さんだったなんて、これはもう何かの巡り合わせとしか思えません。運命を感じますよ。

ああ、巡り合わせって言えば、と妻が思い出したようにつぶやいた。

このシナリオを書いた東風さんって、私の幼馴染なんです。

えっ、とミノ氏と私が同時に言った。

そうなんだ。

そうなんです。最初は気がつかなかったんだけど、ほら、入ってるサインが、子供の頃に遊びで作ってたときに使ってたのと同じだから。なんかどっかで見たことあるなあって。ほら、家が豆腐屋だからあだ名はとーふーでしょ。だから、ペンネームも東風にするんだ、って。サインの練習なんかもよくやってたなあ。それがねえ、あのサインのまんまなんです。

なつかしそうに妻が言う。

うわあ、そりゃあすごい偶然だ。こういう偶然っていうかシンクロニシティっていうか。あ、そういうのが重なり出すと、映画はうまく行くんですよ。映画の神様が近くを通っていった、なんて言い方を我々はするんですけどね。うん、うんうんうん、こいつはいいぞ。まったく、幸先がいい。

すっかり出来あがって真っ赤な顔でひとりうなずいているミノ氏の声をはたして聞いているのか聞いていないのか、妻は遠くを見るような目でつぶやいた。

三つ子の魂百まで、って本当なのねえ。

＊

そんなことをしているうちに世間はすっかり年末ムードで、テレビの中では、今年の漢字やらこの一年の十大ニュース、といったものがやたらと増えてきた。もういくつ寝るとお正月。だがもちろんその前にクリスマスなるものが控えている。

赤服白髭《しらひげ》の爺さんが橇《そり》に乗ってしゃんしゃん走りまわるのと、お寺の鐘を百八つ聞いて蕎麦《そば》を食ってあけましておめでとう、との間には暗くて深い川があって、この川を渡るためには、二十五日の深夜から二十六日の朝までに商店街のアーケードその他のすべてのディスプレイを取り外し、新しいものに取り替えねばならない。もちろん店内の陳列などもすべてだ。猫の手も借りたいような状況だが、さすがに猫の手ではどうしようもない。

そんなわけで、どうみても力はなさそうだし役にも立ちそうにないこんな私にさえ、普段からぶらぶら閑《ひま》そうにしている、という理由だけでお声がかかるというわけだ。

一夜限りのけっこう実入りのいいアルバイトとして昨年も引き受けたこともあり、今年はもう早いうちから商店会長がわざわざうちを訪ねてきてその夜の予定をおさえられている。

この世界にいくつ存在するやらわからないなんとか銀座とつく商店街。うちの近所にもそれがひとつあって、そのアーケードの飾り付けの入れ替え作業、その手伝いである。

まあ去年もやったことだしあの程度なら、と今年も気軽に引き受けたのだったが、様子見がてらクリスマス前の商店街に行ってみて驚いた。

昨年とはずいぶん規模が違っている。桁違いといってもいい。なんでも、昨年やった飾り付けが思いのほか好評で、ちょっとだけではあるがテレビの夕方のニュースに取り上げられたりもした。それですっかり盛り上がったこの商店街の店主の会――銀座倶楽部――が、町おこしも兼ねてこの商店街の特色をもっと打ち出そうと大いに気合を入れた、その結果なのだという。

まあそれは世間にはありがちなことであるし、別に文句もないのだが、しかしこれ、本当に一晩で取り外せるのか。だいたい素人は、撤去するときのことなど考えていないことが多いからなあ。と、そんな心配をしつつ、スピーカーから流れるジングルベルを聞いていたのだ。

そして、とくに何もしなかったイブから一夜明けて、作業日であるその二十五日がやってきた。

作業にかかるのは夕方からで、途中で食べ物は出るし、道具や軍手類も用意してくれるということなので、去年同様に夕食はとらず身ひとつで集合場所である商店街西の入り口まで行ってみると、アーケードの下にはすでに車輪の付いた可動式の櫓《やぐら》が到着しているではないか。去年は梯子《はしご》と脚立《きゃたつ》だけでやっていたのだが、さすがに今年はそれだけでは無理という判断だろう。

それにしてもあんな櫓、いったいどこから持って来たのか。なんだか見覚えがあるが。

と、そこで、ああそうだそうだ、と思い当たった。盆踊りのときに運動公園の真ん中に建てられていたあれではないか。

櫓のぐるりには、盆踊りの提灯《ちょうちん》がそのままさがっているから間違いない。どこに保管してあるのか知らないが、今年はしっかりした足場がないと無理だからあれを使おう、となったのだろう。

正しい判断だ。アーケードを見上げて思った。

いやそれにしても、ごちゃごちゃしているというか、どがちゃがしているというか、やたらと派手でうるさい飾り付けである。聖夜という言葉からはもっとも遠いところにあるのではなかろうか。

アーケード入口の天井には、橇に乗ったサンタがぶら下っている。これだけでも、かなりの大きさだ。直立すれば大人の倍くらいはありそうだ。

橇の前にはもちろんトナカイもいる。このトナカイがまたでかい。サンタよりもでかい。その鼻は、燃えるように赤く輝いている。このひと月ほどの間は商店街の天井を西の端から東の端まで、鈴を鳴らしながら何度も往復していたようだが、今はその場で歌っているだけ。

それにしても――。

あらためて思う。

少しばかり大きく作り過ぎたのではなかろうか。サンタやトナカイには、アーケードの蒲鉾《かまぼこ》型の屋根はいささか狭いようだ。

今日の作業のこともあるから、ここを通るたびに何度かその様子は見ていた。

サンタが手を振って歌いながら移動していくその途中、商店街がわずかにカーブしているところがあって、その部分には天井に鉄骨が何本か通っていて、その隙間も狭い。だから、メリークリスマースしゃんしゃんしゃん、と天井の下をやってきてもあっさり通ることができない。仕方がないのでサンタはそこでいちいち橇からおりてトナカイも橇から外し、まずトナカイだけにその狭いところを通過させ、それから橇やらプレゼントの袋やらを通し、それからやっと自分が通ることになる。

そういうややこしいことを、一日に何十回もサンタは行わねばならなかったのだ。

おかげでアーケードに溜まった埃で、服も髭もいつしかどろどろのドブネズミ色。これではサンタだか煙突《えんとつ》掃除夫だかわからない。

まだ最初のうちは、隙間を通り抜ける動作も丁寧にやっていたようだが、何百回とやっているうちにその動作もどんどん雑になり、狭いところを無理やり通そうとしてトナカイの角を折ってしまったり、金属フレームに引っかけて服やプレゼントの袋を破いてしまい、中に入っていた発泡スチロールを下の通りにぶちまけてしまったり。

近所での評判もさんざんだったようで、銀座倶楽部内からも当初のプランの甘さに対する批判が持ち上がったり、なんだかんだとけっこう揉めたらしく、今年は失敗だった、という意見のほうが多いとか。

だからまあ、今回はもうなかったことにしようじゃないか、ということになりまして――。

すぐ傍に来た銀座倶楽部の会長が、そうささやく。

えっ、なかったことというのは、と私が尋ねると、いやまあそのつまりですね、と耳元でささやく。

なにしろほら、皆で久しぶりに作ったもんだから、昔の勘が取り戻せないというせいもあって、はっきり言って、あんまり出来がよろしくない。どうせ組織も安定していないようだし、来年までどこかで保管するよりも思い切ってこれは廃棄処分にしてしまうほうがいいんじゃないか、と。

廃棄処分って。

私がそう尋ねるとあわてた様子で、しいっ、と口に人差し指をあて、天井のサンタを盗み見るようにする。

声が大きいよ。聞いてないように見えても、ちゃあんとこっちの話を聞いてるからね。

なんだかよくわからないが、はあ、すみません、と謝った。

まあつまり、ようするに、ごにょごにょごにょ、だよ。

口を濁すというよりも本当に、ごにょごにょごにょ、と言っただけで、それ以上の説明はない。

ごにょごにょごにょって、それはいったいどういう――。

私がしつこく尋ねても、つまり言葉にするのはちょっと難しい、というか、やったらわかるから、うんうん、などとひとりうなずく。

まあここじゃなんだから豚汁で温まりながら、と私をアーケードから続いている路地まで引っ張っていく。

そこには運動会などで使うような白いテントがあって大鍋で豚汁がふるまわれていた。そこらじゅうにいい匂いが漂っている。

＊

うん、やることはね、そんなに難しいことじゃないんだよ。たしかに、去年よりはちょっと大変だけどね。

でもその分、料金のほうは割増ししとくからさ。

銀座倶楽部の会長は言うのだ。

そりゃあ、こういう行事は昔からここに住んでる者のほうがいいんだが、なあ、見ての通り、この商店街もほとんどが年寄りばっかりだろう。なかなか適任適役がいなくてね。けっこう体力がいるからな。その点、あんたなら、まあ若いとは言えないが、しかし身体はまだ動きそうだし、それにほら、豆腐屋の息子の話だと、奥さんはこの土地の人だろ。だからまあいいんじゃないか、と。いや、わかるわかる、あんたの言いたいことはよくわかる。わかっています。

べつに何かを言おうとしたわけでもないのに、こちらの言葉を手で制するようにして続けるのだ。

豆腐屋の息子は、たしかにあんたより若いよ。それに地元の者だからね。そうそう、あいつにやらせるのがいちばんいい。誰しもそう思うだろう。うん、そういう意見は銀座倶楽部の中にだってあった。いや、しかしねえ、うん、あいつはいかんよ、うん、いや、あんまり大きな声じゃ言えんがねえ、まあ、ありゃダメだよ。なんていうか、その、ひょろひょろだろ。身体だけじゃなくて、顔がもう、ひょろひょろだ。ひょろひょろだし、白い。うん、豆腐屋っぽいって言えば豆腐屋っぽい。あの職業にはいい顔かもしれん。しかしこういうことにはね、なんていうか、肉体に説得力ってもんがない、栄養もない、胆力もない、なによりも華がない。だからやっぱりあんたがいい、ということで、これはもう銀座倶楽部全員の意見だと思ってくれてもいい。なあ、みんなっ。

会長が言うと、そこにいた全員が示しあわせたように、うん、うん、とうなずく。示しあわせたように、というか、示しあわせないとこんなに揃うはずがない。そう思わせるほどそのうなずきはきれいに揃っている。

とまあ、そういうわけだ。

どういうわけなのかわからないまま、さあさあとりあえず、仕事前の腹ごしらえも兼ねてひとつ、と豚汁のお椀といっしょに差し出された丼に入っているのはご飯ではなく、山盛りのおからだ。

なんだ、おからか。一瞬そう思ったが、これがやたらとうまそうなのである。

舌の上でばらけていく具合とか、おからの中にいっしょに炊き込まれた蒟蒻やニンジンを噛んだときの食感、口の中にひろがる旨み。そんなものが束になって頭の中に再現され、爆発でもしたかのように膨れ上がる。涎が湧いてくる音が聞こえた気がした。

うまそうだろう。そりゃもう、たまらんはずだよ。だって、そういうふうに作ってあるんだから。あの豆腐屋の息子が、丹精こめて作ったもんだからね。まああいつは、こういうことにかけては死んだ親父よりもずっと腕がいいんだな。それに、これまでにあんたが食べたおからの中にも、小分けにしてこの伏線を入れてたらしいからね。それがここにきて、どおん、と効いてくる。そうそう、あの映画のシナリオね。だって、この銀座倶楽部があの映画スポンサーでもあるわけだからな。だからまあこの仕事は、いわばあの映画の予告編みたいなもんだよ。そういう気でやってくれたらいいな。うん、映画のリハーサルにもなると思うよ。

会長の得意げなそんな台詞は、おからの味と食感ではち切れそうになった頭にはもう入ってこない。

だから、実際にはこの台詞も、私が本当に聞いたものなのかどうかはわからないのだ。つまり、ここから先は、おぼろげな記憶の辻褄《つじつま》を合わせるようにして後からつぎはぎしたものであり、あくまでも私にとっての事実に過ぎない、ということだけはここに断っておく、念のため。

まあとにかくそんなわけで、さっそく依頼された作業に取りかかった私なのである。

アーケードの下に置かれた櫓、その側面の梯子を今、腹ごしらえを済ませて元気一杯勇気凛々《りんりん》の私は、とんとんとんと足取りも軽く登っていった。

櫓のてっぺんに乗ると、すぐ頭の上がアーケードの屋根だ。すぐ目の前には、サンタを乗せた橇がある。橇の上ではあいかわらずサンタがクリスマスソングを歌っている。

見下ろすと会長が、なにやら身振り手振りで私に伝えようとしている。

どうやら、橇を吊るしているワイヤーを切れ、と言っているらしい。

アーケードの天井のフレームに、カーテンレール状の可動式の金具があって、サンタの橇はそこにワイヤーで吊るされている。それで、からからからとカーテンのように商店街を行ったり来たりできるのだ。

ほんとにいいんですかあっ。これ切ったら、サンタも橇も下に落ちちゃうんじゃないですかあっ。

工具を片手に私は叫んだ。

いいんだいいんだ、と会長。

落ちたら壊れますよお、ほんとにいいんですねー、としつこく叫び返して念を押す。なにしろ、サンタはまだちゃんと動いている。生体素材がふんだんに使用されているから、まるで生きているようだ、というか、たぶん生きているのだろう。壊したあとで文句を言われてはたまらない。

ほんとにやっていいんですねー。

だから、いいんだってば。

まあそういうことなら、と私は手前からワイヤーを切断していった。

トナカイは後回しにして、まずこの橇を落としてしまおうと思った。

それにしても工具を使うとおもしろいように切れる。ばっちんばっちんと順調に切っていくうち、いよいよ支えているワイヤーは中央の一本だけになった。橇はすこし傾きながらも、サンタを乗せたまま吊るされている。

ほんじゃ、落としますよおっ、と下に声をかける。

真下にいちゃダメですよっ。それじゃ、今から落としますからねっ。

しつこいほど念を押してから、ワイヤーに向き直った。

それにしてもたった一本になってもしっかり支えているのだから、かなり強靭《きょうじん》なワイヤーである。それに、そんな強靭なワイヤーを簡単に切断することのできるこの工具もかなり特殊なものなのだろうな、とあらためて手の中の工具を見る。

工具の先端のスリットにワイヤーを入れた。

傾いた橇にしがみつくようにしているサンタと目があった。もう歌ってはいない。

じゃ、切りまあすっ。

握りに力を加える。

ばっちん、と音をたててワイヤーが切れた。張り詰めていた張力が一気に解放されてワイヤーのその先端が、ひゅんっ、と空気を切り、目の前から、サンタを乗せた橇が消える。次の瞬間、商店街の固い地面に叩きつけられて壊れるサンタと橇をイメージして、私は思わず目を閉じた。

べしゃっ、と破壊音が聞こえてきた。

真下の舗道には、墜落の衝撃でひしゃげた橇が転がっている。ところが――。

肝心のものが無い。いっしょに落ちたはずなのに、サンタの姿が見当たらない。おかしいな、いったいどこへ――。

私はあたりを見下ろしてサンタを探す。

と、橇の側にいる会長が、こっちを見ていることに気がついた。

いや、会長だけではない。下にいる見物が皆、こっちを見ている。私を指差している者もいる。

いや、私ではないのか。私の後ろ。

後ろっ、後ろっ。

見物人の口がそんなふうに動いていることに気づいて振り向こうとしたそのとき、歌声が聞こえた。

妙に間延びしたような、そして、微妙に音の外れたクリスマスソングだ。

振り向くと、そこにサンタがいた。

トナカイにまたがって歌っている。

ワイヤーが切断される寸前に、トナカイの背中に飛び移ったらしかった。

意外なほどの運動能力だ。

NARA
KIHACHI

ふおっ、ふおっ、ふおっ、とサンタはいかにもサンタっぽく、トナカイの上で笑った。

それにしても顔がでかい。普通の人間の三倍くらいあるだろう。身長は倍ほどだが、体型は四頭身だからそういうことになる。

生体素材で作られたその顔はかなり表情豊かだ。

もちろん顔の部分だけでなく、自律して動くようにサンタ自体が生態素材を組んで作られているから、当然、自己保存の能力は与えられているはず。そうしておかないとすぐに壊れてしまう。

アーケードの天井を行き来するサンタをこまめにメンテナンスするのは、銀座倶楽部の老人たちにはとても無理だ。それで、それなりの運動能力も与えられているのだろう。

そしてだからこそ、橇が落ちてもその運動能力を生かしてちゃんと安全なところに飛び移った、ということか。

なかなかよくできている。などと感心している場合ではない。

サンタには気の毒だが、こちらとしても仕事なのだ。それならば、とサンタが跨《またが》っているトナカイのワイヤーの切断に取りかかる。

ばっちんばっちんと、手前からワイヤーを切り離し、いよいよ首の部分にかけられた一本だけなった。

トナカイはアーケードの天井で首吊り状態であり、さらにその首にはサンタもしがみついている。しがみついたまままあいかわらず、ふおっ、ふおっ、ふおっ、と笑い続けている。

じゃ、落としますよおっ。

そう声をかけ、再び真下に誰もいないことをたしかめて、最後のワイヤーを切断した。

ばっちん。

目の前からトナカイがすとん、と消えた。

続いて聞こえてくるであろう地面を叩く鈍い音を予想して、私は思わず首をすくめる。

ところが――。

何も聞こえない。

いや、何も聞こえないわけではなかった。

あの笑い声。

それがさらなる高笑いとなって、アーケードの中に木霊《こだま》している。

ふおおおっ、ふおおおっ、ふおおおっ、ふおおおっ。

いったい何が起きたのかと声のほうに目をやると、なんと天井近い壁面にサンタとトナカイらしきものがへばりついている。

ワイヤーが切れる寸前、ブランコを漕ぐように身体を大きく揺らして飛び移ったらしいのだ。

それにしてもあれは――。

そう、サンタの様子が変だ。なんだかさっきより大きくなっているような。

そう思った次の瞬間、壁にへばりついたまま笑っているサンタが、破裂するように内側から裂けた。

膨張した肉によってその紅白の衣装は千切《ちぎ》れとび、肌色だった皮膚は背中からぺりりときれいに破けて、脱皮したあとの蛇の皮のように舗道に落ちる。

先端にふわふわのついたあの赤い帽子だけはそのまま被っているが、その下の顔は爬虫類《はちゅうるい》のように鱗《うろこ》に覆《おお》われ、笑っているその口は耳まで裂けているではないか。

笑いながら、サンタだったものは蜘蛛《くも》のようにするすると壁面を登ったかと思うと、アーケードの天井に逆さまに貼りついた。

蜘蛛を連想させるのはその動きだけではない。

手足は八本。

それは、もともとはサンタとトナカイの手足だったものだろう。

それらが背中のあたりで繋がっている。肉が溶けて混ざり合ったように、ひとつになっている。

つまり、サンタの手足とトナカイの四本の脚、あわせて八本だ。

まあ計算だけは合っているのか。

どんな計算だ、と思いながら私はつぶやいていた。

そこにはもうトナカイの頭はない。首から先が食いちぎられ、あるのは赤い肉の断面だけ。

ついさっき、サンタ――いや、サンタだったもの、というべきか――が、食ってしまったのだ。

トナカイの頭が、その大きな角ごとサンタの喉をゆっくりと通っていくのが、引き延ばされて薄くなった喉の皮越しに見えた。それが食道を通過して腹におさまると、元サンタだったそいつは威嚇《いかく》するように見物人たちに向かって大きく口を開いた。

真っ赤な口から突き出された青紫色の舌は二股に分かれ、その先端は鋭く尖っている。

ずじゃあああああああ、と小豆《あずき》を掻き回しているような音を喉の奥から発しつつ、突然、鉤爪状になった尻尾の先端を天井のフレームに引っ掛け、鉄棒に逆さまにぶら下がるようにして、体を舗道に向けて振り下ろすようにした。

あっ、と思った次の瞬間には、そこにいた銀座倶楽部の老人のひとりが、手の先の鉤爪に引っ掛けられてそのまま天井へとさらわれ――。

その頭が、いきなり食いちぎられた。

わざわざ振ってから栓を抜いたシャンパンのように、頭がなくなった老人の首から、血液が泡立ちながら勢いよく吹き上がった。

見物人も舗道も、ペンキをぶちまけられたように真っ赤っ赤だ。

皆、あまりのことに悲鳴も出ない。

天井に戻ったそいつは、こんどはトナカイの頭のように丸呑みにはせず、奥歯でしっかりと頭蓋骨を噛み潰してから、楽しむようにくちゃらくちゃらと丁寧に咀嚼している。ハミガキのCMのような白い前歯で笑いながら。

ぬかるみで足踏みをしているようなその音が、アーケードの中に響いた。

なんということだ、と銀座倶楽部の会長が叫んだ。もはやあれは我々の知っているサンタクロースではない。悪魔のようなあの姿、そしてあの恐ろしい鉤爪。まさにあれは、サンタクロース改めサタンクロー、いや、爪は複数あるからサタンクローズ。いやまてよ、むしろそっちではなくサンタクトゥルフとでも呼ぶべきか。

銀座倶楽部の会長が呑気にそんな命名をしている間もそいつは、かしゃんかしゃんと八本の手足で天井を軽やかに走りまわり、ときおり逆さまにぶら下がって舗道近くまで降りてきては、見物人を次から次へ爪で引っかけようとする。

このあたりでようやく皆、わあきゃあぎゃあと騒ぎ出す。

わあああ、そっちへ行ったぞっ。

ひえええ、こんどはあっちだあっ。

と思ったら、こっちに来たあああああっ。

アーケードの天井をしゃかしゃかと走りまわるサンタとトナカイの動きに合わせて群集がどどどどどと移動していくその様は、こうやって櫓の上から眺めているぶんには、遊んでいるようにも見える。

そう、なんだかひと昔前の景気のよかった時代のクリスマス。あんな大はしゃぎのお祭り騒ぎみたいな。

もちろん逃げるほうはそれどころではないだろう。そしてそれを見ている私は、誰よりも天井にちかい櫓の上で、こうしてただただじっと身を縮めているしかない。このままこちらに元サンタの注意が向かないことを祈りながら。

しかしもうそろそろ限界か。

そもそも切り離して落とそうとしたのが私なのだから、そのいちばんの危険人物の存在にあいつが気がついていないなんてことはありえない。

後の楽しみにとってあるだけかもな。うん、きっとそうだ。ならば今のうちになんとかこの場を離れたほうがいい。そうだ、そうしよう。とは思っているのだが、身体がすくんで動けないのは、さっきからぼたぼたと頭の上に落ちてくるこの生臭くてぬるいもの、涎だかなんだかわからないこの液体のせいだろうか。

ふはああ、ふはああ、ふはああ、と斜め上当たりで息遣いのようなものまで聞こえるのだが、振り向くことができない。

下の騒ぎはいつのまにやらおさまって、そしてさっきまでぎゃあぎゃあきゃあきゃあと走りまわっていた連中までもが皆こっちを見ている。

ではやっぱりそうなのだな。

今、私のすぐ後ろにあれがいるのか。

そう思うとますます動くことができない。すこしでも動けば、次の瞬間には頭ごと噛みちぎられるような気がする。

いや、それならむしろ楽かもしれない。生きたまま捕獲されて生殺しとか。

思い切ってこの櫓から飛び降りてしまったほうがいいのか。運がよければ、骨折くらいですむかも。

そう考えて、ええいっ、と無理やり身体を動かそうとしたそのとき、ちょおおんっ、と、どこかで拍子木が鳴った。

同時に、目の前が明るくなる。

櫓の周囲に下がってる提灯が、一斉に点灯したのだった。

眩しさに目が慣れ、ようやく周囲が見えたときには、あのサンタとトナカイだったものは櫓から離れて壁に貼りついていた。

そこから怯えるように提灯を見つめ、しかし、威嚇するようにこちらに向けているその顎を開く。めいっぱい開けたところから、さらに開ける。

めりめりめりと肉の裂ける音がして、顎は頭の倍ほどの大きさにまで広がり、その暗い穴の中には、白くて尖った歯が何列も並んでいる。

ちょおおおおんっ。

また拍子木が鳴った。

鳴らしているのは、銀座倶楽部の会長だ。

どろんどろんどろんどろん、と拍子木の後を追うように太鼓の音が響く。

太鼓を抱えているのは、たしか副会長。その後ろには、三味線やら鐘やら笛やら銅鑼《どら》やら、そんな鳴りものを手にした銀座倶楽部の老人たちだ。

おくろおおおおよ、おくろ。

会長が、よく通る声で歌った。

火の用心の夜回り等ですっかりお馴染み、自慢の低音だ。

おくりいいっ、ましょっ。

後ろに並んだ全員が唱和した。

どこおおおおへ、おくろ、と会長。

かなあたあのおきしいへ、と全員が返す。

きりきりきり、と声に連動するように櫓が音をたてながら大きく揺れた。

振り落とされそうになって、慌てて手すりにしがみつく。

櫓が動いていた。

どろどろどどん、どろどろどどん、と太鼓の拍子が変わると、私の身体に何かが起こった。

自分でもよくわからないままに。

何かが入り込んできた。

そんな感じだ。

動きだした不安定な櫓の上に、私はまっすぐ立っていた。入り込んできた何かが、私をしゃんと立たせているのだ。

そのまま、腹の底から口までまっすぐ突き上げてくるようにして、言葉が歌になって吹き出してきた。それは、盆おどりのときに耳にしたことのある歌だ。

おもてのつらとうらのつら

それをへだてるうすいかわ
ならしてみればおなじかわ
なめしてみてもおなじかわ
うすいかわなら
はあ
うすいかわなら
そら
ならしましょ
やれ
ならしましょ

どどんどどどん、ぺぺんぺぺぺん、かんからこんから、ぴいやぴいいい、ずわあああん、と合いの手を入れるように老人たちがそれぞれの持ち道具を鳴らした。

私は櫓の上で、腹の底から湧いてくる歌を口から吹き出し続ける。すこしでも抵抗すると歌の勢いで喉からぴりりりりと身体が紙のように裂けてしまいそうだった。そうならないためには、まっすぐ立って、まっすぐすべてを吐き出してしまうしかない。

肉体の感覚としてそれがわかった。それに素直に従う。

きりるりきりるりきりるりきりるり。

車輪を鳴らしながら、櫓が商店街の中を動いている。

私を乗せたまま進んでいく。

自走式だったのか。いったいどういう仕組みになっているのかわからないが。

振り向くと、サンタとトナカイだったものが後をついてくる。壁から降り、商店街のタイル張りの舗道の上を、その八本の手足をなめらかに動かして、櫓の動きと同調するようにさわわさわわと追いかけてくる。

さらにその後ろを、鳴りもので囃《はや》したてながら銀座倶楽部の老人たちが続く。

アーケードを出てもまだ、きりるりきりるりと私を載せた櫓は走り続けた。

路地を抜け、公園の中を突っ切り、国道を渡ってなおも行くと、やがて前方に長い壁のようなものが見えてきた。

土手だ。

町の中央を抜けてこの先の湾へと流れ込む赤虫川。その赤虫川の土手が近づいてくる。

雑草の生えた斜面には砂利《じゃり》道のスロープがあって、ざりざりざりと音をたてながら櫓は土手の上へと登っていく。

夜の川が見えた。

しばらく土手の上を進んでから、櫓は河川敷へと下り、まだ自走を続ける。街燈はないが、提灯があたりを明るく照らしている。

櫓は丸い石をしきつめた川原から、そのまま暗い流れの中へ。川に入っても同じように進んでいく。その後ろをあいつも同じようについてくる。
私はまだ歌っている。

こちらのきしとむこうぎし
それをへだてるあさいかわ
わたるだけならおなじかわ
ながすだけでもおなじかわ
あさいかわなら
はあ
あさいかわなら
そら
わたりましょ
やれ
わたりましょ

河川敷に並んだ老人たちが、それに応えて囃し続ける。

そして私を乗せた櫓は、ざぶざぶざぶと流れの中を反対の岸に向かって進んでいく。

川はどんどん深くなる。

こんなに深い川だったのかと驚くほど。

すでに櫓の下半分は水中に没している。

それでも進む。

悲鳴のようなものが響き渡った。

あいつが発した声だ。

流れの中ほどに立っている。

流れの中からこちらに向かって吼えている。

その声は、なんだか赤ん坊の声のようにも聞こえた。

泣いている巨大な赤ん坊。

その表面に何か細長いものが絡み付いている。赤い紐のようにも見えるが、それは明らかに自分で蠢いている。

糸ミミズのように。

無数の細長くて赤い虫。

赤虫川という名の由来はこれなのだろうか。

私は櫓の上でそんなことを思う。

向こう岸の老人たちの歌の調子が変わる。

くうとるくうとるくうてとる
くうてとるのはああかむし
はあ
ああかむし
くるとるくるとるくるうとる
くるうとるのもああかむし
やれ
ああかむし

全身に赤い虫を纏うようにして、サンタだったものは流れの中に立っている。立ったままもがいてはいるが、その身体からは次第に力が失われていくように見えた。
やがて、その赤い身体はゆっくりと沈み始める。沈みながら、流れに押されて動き出す。
川面に突き出た奇妙なシルエットが遠ざかっていくのを、私は同じ流れの中にある櫓の上から見ていた。

くうとるくうとるくるうとる

くうとるくうとるくうてとる
くりとるりとるとくとうるう

向こう岸の老人たちの囃し声は次第に小さくなり、小さくなりながらぴたりと合っていて、ひとりのささやきのようになりながら闇の中に消えていった。

そして私を乗せた櫓は、そのまま赤虫川を渡りきってから向こう岸の斜面を登り、土手の上を走ってすこし下流にある鉄道橋を渡って再びこちらの岸へと返ってきたのだった。

いやあ、ごくろうさんごくろうさん、まことにごくろうなことでした。

櫓から降りた私の肩を会長が叩き、アルバイト料とは別にかなり多めの御祝儀をくれ、さらに、置いといても棄てるだけだから、と、売れ残った大量のクリスマスケーキまで持たせてくれた。

私も妻も甘いものは好きなので、なかなか嬉しいおみやげである。

仕事は去年よりずっと大変ではあったが、そんなこんなで年にいちどの割りのいいアルバイトは無事終わった。

あ、昨夜は大変だったそうですね。

翌日、商店街で反対側から歩いてきたミノ氏が言った。

私はちょっと野暮用で行けなかったんですが、なかなかの大活躍だったらしいじゃないですか。

どれを指してそう言っているのかわからないのだが、知ってるんですか、と尋ねると、ミノ氏は大きくうなずいた。

当然でしょ。

そして、なぜか声をひそめてこう続ける。

もちろん、あんなのは単なる予告編みたいなものですけどね。ま、本番もその調子でよろしくお願いしますよ。

そして、私の肩をぽんと叩いてそのまま去っていった。

私としては、はあ、と見送るしかない。まあなんにしても今年も無事に年が越せそうだ。そのことは素直に喜ぼうと思った。

それにしても奇妙なのは、たしかにあのとき、少なくとも老人がひとり食われたはずなのだ。

私の目の前で食われた。それを見ていた。たしかにそんな記憶がある。なのに、あのあと、誰もそんなことを言わないし、食われたのが誰なのかもわからない。血まみれになったはずの商店街の舗道は、現状保存どころかいつなんどき正月を迎えてもいいくらいきれいに掃除されている。ということは、あれもそうだったのかな。

私としてはそう推論せざるを得ないのだ。

あの老人も、サンタやトナカイと同じように、棄ててもいいという前程で作られたもの。もしこういうことが起きたときのために用意された、お供えのようなものだったのではないか、と。

ま、この私だって、同じようなものなのかも知れないが。

三　餅

テレビで除夜の鐘を聞いてから妻といっしょにぶらぶらと歩いていったのは、商店街の端にある赤虫神社である。

初詣《はつもうで》を済ませて帰る人たちとこれから向かう人たちで商店街はごったがえしていて、このあたりにこんなに人が住んでいたのかと驚くほどの混雑ぶりだ。初詣にここに来たのは初めてで、まずそのことに驚いた。

赤虫神社があるのは商店街の北の端。舗装されていない道の両側に茶店が何軒か並んでいるだけの昔の写真が、多目的スペースとして商店街の中ほど設けられたニコニコ広場の中央には展示されている。

神社に祭られているご神体には、やたらと長くて発音しにくい正式名称があるようだが、このあたりでは単に『臍《へそ》の緒さん』と呼ばれているようだ。その呼び名の通り、それは巨大な臍の緒みたいな太い綱で、普段は奥に仕舞われて見ることができないのだが、お正月だけは見ることができるのだという。

うわあ、もう石段の下まで行列になってるよ。

妻が言った。

なるほど、大変な賑《にぎ》わいだ。

小さな神社なのに、こんなに人気があったんだなあ。混んでると知ってたら来なかったのに。

いきなり罰当たりなことを言いながら、行列の最後尾についた。

境内では焚《た》き火が行われているらしく、ときおり夜空に舞い上がる火の粉が石段の下からも見える。

ここ三日ほどは年末とは思えないような温かさだったが、夕方あたりから急に冷え込んできた。空も分厚い冬の雲にすっかり覆われ、月も星もない。

列が進んで石段を上がり、ようやく境内《けいだい》へと入った。

かんからからかんからかんから、と賽銭《さいせん》箱の上の大きな鈴が勢いよく鳴っている。

さあ、賽銭はたしかに入れたからな、絶対に忘れるなよ、そっちが忘れてもこっちは忘れんからな。

そんな強固な意志すら感じられる力強い鈴の音だ。それから、ぱんっ、ぱんっ。皆で手を打ち鳴らしている。全員が同じ黒いジャンパーを着ているが、いったい何の集団なのだろうな。

そんなことを思っていると、いきなりその集団に向かって妻が声をかけた。

おいっ、トーフーっ、トーフーってば、トーフーだろっ！

その声に振り向いた顔は、あの豆腐屋の息子である。

わっ、やっぱりトーフーだよっ、と叫ぶ妻の顔をトーフー氏が不思議そうに見返した一瞬後、その表情は崩れる。

あれれれっ、わっ、わっ、これはこれは、はてさてなんともこのたびは、などと意味不明の言葉を発しつつ、それから妻の隣にいる私にようやく気づいて、えっ、ああ、あれこれ、また、そう、あ、それで、ああなんかそうか、なんとなんとそうか、そういうこと、そうか、うん、と勝手に納得した様子。

あいかわらず口下手な奴だなあ、と妻。

あ、いやあ、まあそうかな、いやしかし何年ぶりかな、なつかしいなあ、そっかそっかあ、結婚したんだっけ、いやまあ、それは知ってたんだけどさ、しかしこういうことになるとはいやはやなんとも、とトーフー氏はなぜか顔を真っ赤にしてもじもじするのだ。

その後ろから、ああどうもどうも、奇遇ですなあ、あけましておめでとうでございます、とひょいと顔を出したのはミノ氏である。

後ろをちょっと振り返るようにして、あ、なにを隠そうこれ全員、今回の映画のスタッフなんですよ、えっと、そっちの端から——、とミノ氏が狭い境内でひとりひとりの紹介を始めようとするから、まあまあここだと初詣の邪魔になりますから、と抑えてとりあえず賽銭箱に小額の貨幣を投げ込み、妻とふたりでかんこらかんと鐘を鳴らし、思いつく限りの今年の要求事項を頭の中に羅列する。よし、申告終わり、と顔をあげたところに味噌のいい匂いが漂ってきた。

見ると、境内の隅では、雑煮《ぞうに》が配られているではないか。人の流れのままにその前まで進むと発泡スチロールの白いお椀が差し出された。

熱い湯気《ゆげ》があがっていて、すごくうまそうだ。もちろん、ありがたく受け取る。

白味噌仕立ての雑煮である。餅といっしょに大根やら里芋やら人参やらがごろごろと入っていてなかなかの具だくさん。うん、これはうまい、身体が温まるねえ、いやあうまいなあ、とお稲荷《いなり》さんの裏で妻といっしょにふうふう食べていると、ああどうもどうも、とミノ氏たちも手に手にお椀を持ってやってきた。

なかなかの大盤振る舞いですなあ、寒いときにはこれがいちばんですからねえ、そうだ、ロケのときなんかも、こういうのを是非とも用意すべきだな、うん、そうだそうだ、と、ひとりうなずいている。

映画のスタッフ揃ってのお参りですか？

私が尋ねるとミノ氏は、そうなんですよ、あっ、そう言えばそうそうそう、と今思い出したように付け加える。いよいよ、新年早々にクランクインということにあいなりました。まあその安全と成功祈願を兼ねまして。

えっ、そうなんですか。

ちょっと驚きながら、私は尋ねた。

でも、まだシナリオは全部出来てないんじゃ？

ほりゃ、まられきてまへんよ。

口の中で熱々の大根をはふはふしながらミノ氏は即答する。

まだシナリオが出来てないのに、撮影なんて出来るんですか？

なーにを言ってるんですか。

ミノ氏が私以上に驚いて言った。

撮影しないことには、シナリオが育たないじゃないですか。もう種は撒いちゃいましたからね、むしろ、そろそろ撮影を始めないことには、腐ってダメになっちゃうんですよ。ま、そのへんの見切りがいちばん難しいわけですが。

そういうもんですか。

ふぉおいうもんれふ、とミノ氏はきっぱり。もちろん、昨今の大手のやり方とはちょっと違ってますよ。こんなやり方は、もうここにしか残ってない、というか、いちど失われてしまったそういう方法を今回こうして復活させようとしてるわけですけどね。だから、まあ我々はそういう旧世界のやり方、言わば、そこに存在していた古い神様みたいなものを復活させようとしてるわけです。うん、少なくとも世間的にはそう見えるんじゃないかな。旧支配者に仕える集団、とかね。もうとっくに忘れられた神様ですからね。いちどこの世界から去ってしまった神、ってわけですよ。そんなものをまた掘り起こして復活させようとしている。いや、でもね、そっちのほうが自然だと思うんですよ。少なくとも私にとってはね。いや、私たちにとって、かな。とにかくできるだけ自然に近い状態でやりたいんですな。共有したシナリオをそれぞれが自分で育てるっていう、まあそういういわば太古の、古の形式でね。

あいかわらずミノ氏の言葉は大仰過ぎるせいかよくわからないが、それでも情熱だけは伝わってくる。まあ悪い人ではないのだろう、とは思うが。

そんなミノ氏が続ける。

だってねえ、せっかくこの町を舞台にするんですから、この町に古くから伝わる手法でやらないと意味がないじゃないですか。新しければいいってもんじゃないでしょう。昔は、っていうか戦前は、このやり方のほうがむしろ当たり前だったんですよ。戦争に負けた、ってことでそういうのを全部棄ててしまった、というか、なかったことにしてしまったんですね。いや、反省とかそんな立派なことじゃない、単なる保身ですよ、保身。封印して、なかったことにして知らん顔を決めこんだわけです。

ミノ氏は熱弁をふるうが、そのあたりのことは、映画の現場に詳しくないのでよくわからない。まあなんにしても、私の知っているのとは少しばかり違う技術や方法があるのだろう。なにしろシナリオからしてこんなに違う。そんなシナリオの形式があるなんて、私はこれまでまったく知らなかったし、夢にも思わなかった。

おからの形式で書かれたあのシナリオを食べるにつれて、頭の中に映画のいろんなシーンが浮かぶ。すぐに浮かぶこともあるし、その夜の夢として見ることもある。だから実際には、おからに似ているだけで、おからとも違うのだろう。

とにかく、そういう形の記憶媒体があって、昔からこの町では生体加工術とともに、そんな技術が伝えられてきたらしいのだ。ハードウエアに対するソフトウエアとして。生体材料で作った機械を制御するために、そういうものが使われていたという。文字通り、プログラムを食わせる、みたいに。

と言えば、けっこう詳しくなったと思われるかもしれないが、それもこれも、あれこれ映画の話をしているときに、ミノ氏から聞いて得た知識に過ぎない。

この町にもね、映画のスタジオがたくさんあったのですよ。うん、人面町って呼ばれていた頃の話ね。もちろん、人面技術から、その名で呼ばれていたわけです。そもそも人面技術っていうのは、映画とは切っても切り離せない技術ですからね。うん、当時は、幾つものスタジオが常にフル稼動しておりました。ところが、そこで生み出された作品は、ひとつ残らず抹消《まっしょう》されたんですよ。焼却っていうのが正しいかな。いやまったく戦争っていうのは無茶なことをしますな。このあたりももちろんだいぶ空襲でやられました。それで当時の工場もスタジオもほとんどが破壊されました。そして、そうなったときに焼かれるのは現実の町だけじゃない。虚構の町まで残らずきれいに焼き払われてしまうんですよね。だからもう何にも残っていない。虚も実も、夢も現も。何にもない。

ミノ氏は商店街の方に目をやって言う。

そうなんですよ。実際、そのあたりの記憶をきれいさっぱり真っ白な灰にされちゃった技師を何人か知ってます、っていうか、私の父親がそのひとりでしたからね。でも、ひとり残らずっていうのはなかなか難しい。たとえば、その子供まではなかなか手が回りません。つまり、頭の中にある町までは焼き払えないってわけですね。まあとにかく、父親がそういう仕事をしてた関係で、私は自分の家でいろんな映画を観ることができた。当時の父親なんてものは、家庭に仕事を持ち込むのが普通でしたからね。だから公開されなかったのも含めて、たくさん観ました。今も頭に焼き付いてるなあ。

ミノ氏の頭の中では間違いなくその記憶が再生されているのだろう。銀幕を見つめる目そのままで、ミノ氏は続けた。

そう、焼きついてるんです。『蛹谷大鳴動《さなぎたにだいめいどう》』とかね。御存知無いと思いますが、この町を舞台にした怪獣映画ですよ。巨大化したモグラが大暴れして、町を破壊するんですよ。いや、観たことないのは当たり前で、結局公開されなかった。いわゆるお蔵入りですね。そんなものがあったことを知ってるのは、それに関わったスタッフと役者と、あとはその身内、つまり私みたいなものだけです。

ところが、そう言われてみると、なんだか私もそれを知っているような気がしてくるから不思議だ。いろんなシーンが、なつかしく浮かんでくる。

いや、気がしている、のではないな。たしかに知っている。これはいったいどういうことなのか。どこかで観たことがあるのだろうか。だとしたら、いったいいつ、どこで、なのか。いや、今か。今観ているのではないか。まるで今観ているかのようにそのシーンが目の前に次々に――。

ふーん、じゃやっぱり結局は神頼み、ってことになっちゃうのかなあ。

そんな妻の声で我に返った。

なんだか頼りない話よねえ。

いやいやあ、そういうわけじゃないんだけどさ、とやけにおどおどした様子で妻に応えているのは、トーフー氏である。

あくまでもこれは儀式だよ、儀式。形から入るのは大事だからね。これに頼ってるわけじゃない。こういう伝統を守るっていうのも、スタッフの結束のためには必要なんだ。自信がないから何かにすがって、とか、そういう弱気でやってるんじゃないんだって。

ほんとにぃ？

ほんとだって。

いちおう言っとくけどさ、くれぐれもそういう頼りないことに、うちの旦那を巻き込まないでよね。

巻き込まない巻き込まない、いや、でも、もう巻き込んでるっていうか、いや違う違う、協力してもらってますけどね、でも頼りないことなんかじゃないんだってば。うん、これはもう、ぜんぜん頼りなくなんかないから。我々は確固とした意志をもって——。

ならいいけどさ。

ほんとだよ。それに、この安全祈願の儀式だって、ついでみたいなもんだから。実際の目的は、今度の映画の為に、ちょっとあれを借りに来ただけだからね。

こうして横で聞いていても、何のことやらさっぱりわからない。ところが妻は、ああ、はいはい、あれね、とうなずいている。

まあ予算が少ないからね、使えるものは使う、借りられるものは借りてでも使う、って方針で。

えーっ、それじゃ、本物のあれを使っちゃうわけ。

だって、使えるものは全部使わないと、やりたいことなんてできないよ。

ほんと、トーフーは、昔っから変わってないなあ。

妻が笑って、トーフー氏の背中をばしっと叩いた。

あんたさあ、おんなじようなこと言って、旧校舎の理科室の天井に大穴あけたことあったよね。

子供の頃の話だろ。

ま、あのときは、あたしが黙っててあげたから、犯人はわからずじまい、ってことになったけど。

だからあ、あれに関しては今でも感謝してるってば。

トーフー氏は誰かに聞かれるのを恐れるように、おどおどとあたりを見回す。そんなトーフー氏に、追い討ちをかけるかのように妻が言う。

あ、そうそうそれで、あんたさあ、イチコちゃんのこと、好きだったでしょ。

えっ、そんなことないよ。

いや、そうだったって。だって、あれが不安定になって暴走しちゃったのも、結局そのあたりに原因があったんじゃないの。

そんなことないって。だいたいなんで今になってそんなこと言い出すんだよ。

そんなトーフー氏の言葉を無視するように妻は続ける。

ああ、そういえばさ、あのあとしばらく、放課後に音楽室とか家庭科室に入ると、天井裏を何かが這いまわってるみたいな音が聞こえる、なあんて噂になっちゃって。

だからあ、そんなの大昔の子供の頃のことだろ。もうそんな他の人にわからないような話はやめにしようよ。ああ寒い寒い寒い、ちょっと火にあたって来るよ、と、トーフー氏は妻から逃れるように他のスタッフもいる焚き火のほうに移動する。

ああそうそう、じつは今から皆で、映画の資料を借りに行くんですけどね。

お神酒《みき》の入った升《ます》を片手にミノ氏が、思い出したように言った。

よかったら、いっしょに行きませんか。まあめったに見られるもんじゃないし、そういうのも小説化の参考になるかもしれませんし。

そんなふうに言われたら、仕事として行かないわけにもいかないではないか。妻も幼な馴染のトーフー氏とのひさしぶりの再会を喜んでいるようだし、このまま別れるのは物足りないだろう。

どうです、いっしょに？

じゃあ、そうさせてもらいます。

どうさせてもらうのかよくわからないまま、私は答えた。

あ、でもその前に、あっちの御神体を拝んどかないと。

そう言うと、ミノ氏は一瞬首を傾げ、そして笑った。

ああ、臍の緒さん、ですか。いやあ、あれはべつにいいでしょう。だって、レプリカですからね。ここだけの話ですが——。

本殿の方にちらりと目をやってから、耳もとで囁くようにつけくわえる。

じつはあれも、このトーフー君がありあわせの材料で作ったやつなんですよ。うん、本物は焼かれちゃいましたからね。

＊

ミノ氏は早口でその場の十人ほどの映画関係者たちを紹介してくれるのだが、もちろんいちどに憶えられるはずもない。そうでなくても、人の顔や名前を憶えるのが苦手なのだ。それでも、今ここにいるのは、全員なんらかの技術者であって、俳優ではない、ということだけはわかった。

怪談ものをやるときなど、その映画の関係者がいっしょにお参りしている光景をテレビで観たことがあるが、これもそういうふうなものなのだろうか。

そのことを言うと、ミノ氏は、ええ、そういう厄払いの意味も込めて来ているのですが、その他にもいろいろ内々の用事がありまして、だからここにいるのは裏方ばかりですね。それに本番まであれは役者にも見せないほうがいいんじゃないか、そのほうが生の反応が引き出せるだろう、というのもありまして、などと言いにくそうにするものだから、もしかしたらあまり聞いて欲しくない事情もあるかもしれないと思い、それ以上の詮索はせずにおいた。まあいろいろとあるだろうから。

さあ、では皆さん、参りましょうか。

ミノ氏がそう言って歩き出すと、皆がぞろぞろとそのあとに続いた。

何かを借りに行くというからてっきり社務所《しゃむしょ》へ入っていくのかと思いきや、その脇を通って、植え込みと壁の隙間を社《やしろ》の裏側へと進んでいく。

社務所の裏には、小さいながらも木の茂る一角があった。いわゆる鎮守《ちんじゅ》の森というやつか。肌に風は感じられないが、ざわざわと音をたてて木々が揺れている。上のほうだけ風があるのかな。そんなことを思いながら、玉砂利をざらかちざらかちと踏んでいく。

ちょっと頭に気をつけてくださいよお、とミノ氏が振り向いて言う。そのまま腰を屈《かが》めて、社の縁の下へと入っていく。社の床は高いから、中腰になれば入っていくことができるようだ。それにしても、なぜこんなところに――。

湿った土の匂いがする。

なつかしいなあ、と妻が言う。子供の頃、よくここで遊んだなあ。いっぱいアリジゴクがいたんだよ。

そうそう、いますよ、今もいっぱい、と嬉しそうにミノ氏。アリジゴクだけじゃない。ネコジゴクもイヌジゴクも、あ、もちろんヒトジゴクだっています。昔より数はずいぶん減りましたけど。でも、います。だから、頭だけじゃなくて足元にも充分注意してくださいね。

そう言われて下を見ると、どこからかかすかに射す青白い光で、砂地にある擂《す》り鉢状の穴がいくつもあるのがわかった。

ほとんどが指の先ほどの大きさなのだが、中には本物の擂り鉢くらいのもある。たしかにこれなら、犬や猫くらいなら落ちるだろう。落ちたらどうなるのかはわからないが。

縁の下に入ったとき、中腰のままでは疲れるだろうし腰にも悪そうだなと心配していたが、すこし進んだだけで地面が下り坂のようになり、そのぶん頭の上に空間ができて普通に立って歩けるようになった。

青白い光は、柱の根元あたりに生えている茸が発しているらしい。

それにしても、あの神社、こんなに大きな建物だったのか。もうけっこう歩いているはずなのだが、縁の下はまだまだ続いている。思っていたより大きいな。

そう思ってからもだいぶ歩いたはずなのだ。

いくらなんでもおかしい。歩いた距離を考えても、境内どころか商店街あたりまでは来ているはず。あるいは、まっすぐ歩いていると感じるのは錯覚で、じつは胎内めぐりのように曲線を描いてそんなに広くない空間を巡っているのだろうか。それならまあ辻褄は合うか。しかし、もしそうだとしてもいったい何のために。

と、行く手に橙《だいだい》色の灯が見えた。

提灯がふたつ、宙に浮かぶように灯っている。

なんだか見覚えのある提灯だと思っていたら、それもそのはず、商店街での盆踊りのとき、櫓のぐるりにぶら提げられているのと同じ提灯ではないか。その正面には、「銀座倶楽部」と文字が入っているから間違いない。

盆踊りだけではなく、つい最近もその提灯を見たような気がするが、どうもうまく思い出せない。まあいいか。たぶん、クリスマスあたりに商店街に飾ってあったのだろう。和も洋も、その他なんだかわからないものも、すっかりごちゃまぜだからな。

とにかく、そのお馴染みの提灯が、前方の闇の中に浮かんでいる。

近くまで来ると、それは二本の柱から突き出た竿の先に吊るされていて、その柱の間には襖《ふすま》が四枚。襖の手前は土間のようになっているのがわかった。

突然、中央二枚の襖が左右に開いて顔を出したのは、あれあれ、銀座倶楽部の会長ではないか。ということは、ここはやはり商店街の地下なのか。もっとも、商店街の地下だから商店会の会長がいる、などという理屈もないのだが。

しかし私をみて軽く会釈《えしゃく》をしたところからしても、あの会長であることは間違いない。

間違いはないのだが、紺に白線の入ったジャージ姿に銀座倶楽部の法被《はっぴ》といういつもの格好ではなく、麻のような白い着物を着ているのは、正月だからなのかそれとも他に何か理由があるのか。

ああ、どうもこれはこれは皆の衆、おつとめごくろうさんでございます。

会長が笑って一礼した。

いえいえ、こちらこそ、このたびは急に無理を申しまして。

ミノ氏が深深と頭を下げる。スタッフも全員そうしている。妻まで同じようにしているから、私もあわててそれにならう。このくらいでいいのかな、と顔を上げると、会長とまっすぐ目があった。

やあやあそれにしても、あなた、このところひっぱりだこですな、と会長が言う。私に言ったようだったが、いったいどういう意味なのかはわからないし、そもそも私に向けられた言葉だったのかどうかもよくわからないからわざわざ聞き返すのもためらわれる。

まあ、そんなとこにずらっと立ってないで、さ、さ、さ、どうぞこちらにお上がりを。

会長が言った。

では遠慮なく、とミノ氏。

全員がミノ氏に続いて土間で靴を脱ぎ、畳の上に正座して並ぶ。

ところで、蔵の奥から引っ張り出してきたのですが、ご覧になりたいというのはこれでよかったのですかなあ、と会長が差し出す一人用のお膳みたいな漆塗《うるし》りの台には、古文書のようなものが載っている。

墨でそう書かれている、たぶん。

ねくろのみこね、とでも読むのだろうか。

おお、これです、これです、ねくろのみこおん、これに間違いない、とミノ氏は手を打って、大きく身を乗り出した。そして、では、さっそく拝見、と手馴れた仕草で白い手袋をつけて、その冊子を丁寧にひらき、畳の上に広げていく。おお、という声が周囲からもれる。私もそれにつられるように身を乗り出していた。

まず、一枚目にあるのは、墨で描かれたこの土地の鳥瞰《ちょうかん》図らしい。湾の外から岸を見下ろしたもの。両側に蟹《かに》の鋏のような形で突き出ている岬、その特徴ある形から、この土地であることがわかる。

ということは、絵の奥から正面、つまり土地の中央から海へと流れ込んでいるこの川は、赤虫川だろう。海岸線は今よりずっと陸まで入り込んでいて、赤虫川の中洲——陰須磨洲《いんすます》と呼ばれているあたり——は、この頃は、まだ形成されてはいないようだ。

ぱらり、と紙が捲《めく》られると、映像がズームされるようにひとつながりの風景が現われる。

赤虫川をすこし上ったあたり。

そこには、集落がある。

海岸から松林を抜けて細い道が続いていて、その両側に並ぶ茶店や宿屋。

まるで動画でも見ているような気がした。絵の中を目でたどっているだけなのに、実際に歩いているように描かれているものが目に飛び込んでくる。いつ頁が捲られたことに気がつかないほど、それはなめらかな流れだ。視線が、いや、意識が自然に誘導されていく。体験そのものなのだ。

湾が陸に向かって大きくえぐれているところ——現在では鉄道橋がかかっているあたりだろうか——には、小さな桟橋と船着き場があって、参詣客《さんけい》を乗せた小舟や、樽のような荷物を満載した帆掛け舟、その荷下ろしをしている人足や牛馬や荷車。

そのまま石畳の参道に目を移すと、そこにはあふれんばかりの参詣人たち。そして、その行く手に小さく見える鳥居。

手前の石段は今と変わりがない。

境内は参道以上の大賑わいで、その縁から押し出されて斜面を転げ落ちる者まで出る始末だ。酔っているのか、徳利《とっくり》を手に笑いながら転げていく。

境内の砂埃と喧騒《けんそう》。

泣いているのは、親とはぐれてしまった子供だろうか。

それにしてもこれでは、いくら背伸びしても、人の頭しか見えない。そうか、それであの石灯籠に登っている者もいるのか。たしかに、あそこからなら見えそうだ。なんとか、ひと目だけでも見ておかないと今度の旅の土産話もできないぞ。

なんのためらいもなく身体が動き、そうしていた。つまり、両手両足をかけてよじ登っている。その石灯《いしどう》籠《ろう》のてっぺんから見えたものは——。

なるほど、見ていた者が阿保《あほ》のように口をあんぐりと開けていたわけだ。同じように開けている自分に気がついて苦笑する。

　境内の中央の地面に掘られた大きな穴に填まり込むようにして、それはあった。

　小屋ほどあるような丸い肉の塊だ。巨大な肉饅頭《まんじゅう》のようなもの。その中心部には、口がある。いや、口なのかどうかはわからないが、そうだとしか見えない裂け目がある。

　なにしろ、半開きになったその中には、舌らしきものまであるのだ。

　濡れた粘膜が覗くその裂け目は、巨大な女陰《じょいん》のようにも見えた。

　実際、そんなことを大声で言って笑っている者もいる。いちばん前でそれを指差しながら、連れの女にそう耳打ちしている男がいる。女は恥ずかしそうにうつむきながら、それでも口もとは笑っている。

　その横手では、丸餅が売られている。

　うまくあの中に投げ込むと、その巨大な口が餅を食うのだという。餅を片手に、真剣な表情で狙いを定めている若者がいる。そして、それを囃している連れの若者たち。

　さあくえ
　やれくえ
　ねくろのみこよ
　くうとるくとるくとおるう
　くろおてねがいをかなえたまえ

皆で声を合わせて囃しながら、手に手に持つ餅を投げている。

どうやら皆、運試しにそれをやるらしい。

まあ話の種に、ひとつやってみるか。

そう思ったところで、白い手袋が紙をめくる。乾いた紙の音とともに、次の場面が現われる。

さっきの肉の塊。

あの口のある肉の塊が、立っている。

口だけでなく、唇もある。いや、唇だけではなく、その顔には人面を構成する部品が歪ながらすべて揃っている。子供が描いた絵か福笑いのようでもあるが、それでもちゃんと顔に見える。

そんな顔が立っている。

顔のすぐ下にあるのは首ではない。胴体もない。そこにあるのは、たくさんの蛸の脚を束ねたようなもの。

いや、イソギンチャクの触手のほうが近いか。そんな触手の束が、顔のすぐ下、首にあたる部分からびっしりと生えているのだ。

触手によって立っているのか、首の後ろにある蝙蝠の翼のようなもので羽ばたいて浮かんでいるのか、それはわからないが、巨大な顔が地面から立ち上がっているように見えるのだ。

立ち上がったそれは屋根より高い。そんな顔を、刀や槍を手にした男たちが取り囲んでいる。

白い馬に乗り鎧兜《よろいかぶと》に身を包んだ侍が、すこし離れたところからそれを指揮している。

顔の口には、刀を握ったままの男がくわえ込まれていて、その手足はあり得ない方向に折れ曲がっている。

すでに食われてしまったのか、胴体に首はない。その切断面からは勢いよく血が吹き出し、それを浴びて男たちは真っ赤だ。じりじりと隅のほうへと追い詰められていく。戦闘力の差は明らかで、全員がやられるは、時間の問題だろう。人間の手に負えるようなものではない。

かさり、とまた紙の音がして場面が変わり、次に現れたのは、まだ濡れている血のような赤だ。

町が燃えている。

あたりはいちめんの火の海。

火の見櫓の上の男が、半鐘《はんしょう》を叩く手を止め、呆けたようにあんぐりと口を開いている。

その視線はさらに上だ。火の見櫓より高いものなどないはずなのに。

夜空に、顔が浮かんでいる。

こちらを見下ろしている巨大な人面。

そして、その顔を支えている触手の束が、神社の大屋根を押し潰している。

人間の頭ほどもある黒くて丸い瞳が、火の見櫓の上にいる男を見つめている。

半開きの唇は赤い。

墨で描かれた絵なのに、それがくっきりと赤く見える。

唇の端から垂れているのは涎だろうか。

そして、また次の場面。

火の海を背景に、ふたつの巨大な顔が対峙《たいじ》している。双子といってもいいほど、そのふたつの顔は似ている。

片方の口には食いかけの片足がくわえられたままだ。そして、その顔に対峙しているもうひとつの顔のその後頭部には、なぜか人間が乗っている。

肉の中に下半身を埋めこむようにして人間がひとり収まっていて、両腕には手綱《たづな》のようなものを握っている。そうやって、その巨大な顔を制御しているらしい。巨大な人面に人間が乗っているのだ。

鎧兜の侍が、離れたところからなにやら指示を出している。

人間を乗せた人面が、もうひとつの人面を噛み、噛みちぎり、咀嚼する。

ふたつの巨大な顔がぶつかりあう。

立つために触手を使うだけでなく、余っている触手を振り回して、その先端にある針のようなものでまず相手の目を狙う。それが戦いの定石なのだろうか。双方とも目から血の涙を流している。

さらに、絡み合わせた何本もの触手を巨大な槍のようにして構え、互いに相手を貫こうと間合いをとって
――。

次の瞬間には、交差している。触手の槍は双方の頬の肉を突き破り、反対側の頬へと突き抜けていた。

裂けた頬から、黄色い脂肪と赤い筋肉繊維がばらけ、地面に飛散する。ぼたぼたと赤黒い肉片が、地面を埋め尽くす。

分厚い唇に隠されていた白い歯は、今は剥《む》き出しだ。

口を大きく開くと、頬がさらに大きく裂ける。

噛み付き、破壊し、食う。

お互いを喰らいあう。

片方の人面に乗っている男が、歯を剥き出しにして何やら叫んでいる。

男の顔は、彼の乗る巨大な人面と同じ表情になっている。

触手の束が毟《むし》り取られたり噛み千切られたり。千切れた触手や肉片の散らばる地面は、ぬかるみのようだ。

東の空が白みはじめるころ、ふたつの巨大な顔は、互いに食いあいながら、坂を転げ落ち、船着き場を押し潰して、そのまま海へと転げ落ちていく。

夜明け前の群青《ぐんじょう》色の空の下で、海面がごぼごぼと激しく泡立っている。

そして――、と銀座倶楽部の会長の声で我にかえった。残念ながら、この先がどうなったのかは皆目わからんのですよ。

会長のしゃがれた声が言う。

その声で我に返った。

そう、我に返る、というありきたりの表現そのまま。さっきまで自分がどこにいるのか、自分がこの自分であることを忘れていたのだ。

だが、自分でなかったとすれば、いったい誰だったのか。

あたりを見回した。

そこは、初詣のついでに連れられてやってきた畳の部屋だ。ずっとここにいたはずである。疑いようもない。

では、さっきのはいったい——。

絵を見ているだけだったのに、それによって次々に喚起される感覚の束に押し流されるように意識がどこかへ飛ばされて。

しかし、どこへ飛ばされたのか。

今、畳の上に自分の身体がある、ということをもういちど確認する。そうせずにはいられない。だがそうするまでもなく、ついさっきまで感じていたあの様々な感覚の束は、もうどこにもない。

聞こえているのは会長の声だけで、会長の手には、まだ何枚か絵が残っている。さっきの続きの絵か。

だが、何が描いてあるのかはわからない。

その絵の大部分は、べったりと黒く塗りつぶされているのだ。

こういう有様でしてね。

会長が、黒く塗られた部分を指差して言う。

すべて持っていかれて、こうなりました。検閲《けんえつ》ですな。国家の利益に反する可能性がある情報が含まれている、いや、国家どころか、この世界そのものを破壊しかねないもののことが、ここには記されている、ということで。

それから、会長は人差し指を自分のこめかみに当て、こう付け加えた。

もちろん、紙だけじゃなくてこっちのほうもね。きれいにやられましたよ。

わかります、とミノ氏がつぶやいた。

ここにいるものは皆、多かれ少なかれそういう目にあっていますから。

おかげで、彼らの正体はおろか、どこから来たのかすら、皆目わからなくなってしまった。

皆がちいさくうなずいた。

しかし、抹消されたということは、逆に言えば、その分をこっちで自由に創ることができる、とも言えます。

なるほど、そういう考え方もありですか、と会長。

ありです。まあ考え方というより、気休めみたいなもんですが。

いや、気が休まるんなら、それに越したことはない。

まったく。

まったく。

ふたり顔を見合わせて笑った。あまり楽しそうに笑うので、私もつい笑ってしまった。

その場にいたスタッフも妻も、皆が笑っていた。

たぶん映画というのはそういうものでもあるのでしょう。失われてしまったもの、奪われてしまった過去を、それを観ているほんのわずかな間、暗闇の中でだけ取り戻せるもの。そういう発明です。

トーフー氏が静かな口調でそう言ったあと、すぐに照れたように付け加えた。

いやまあ、そんな大層なもんでもないか。ただおもしろいから、好きだから、やってるんだしね。

頭をかきながら笑う。

ああそうだ、せっかくだからどうですか、雑煮でも。

会長が言った。

ああ、それはもう境内でいただきました。

ミノ氏が言うと、いやいや、あれとは餅が違いますからな、と会長が笑う。ま、御遠慮なさらずに。そら、そこにもう用意が、と後ろの襖を開けると、いったい誰がいつ揃えたのかそこには人数分のお椀が湯気をあげて並んでいる。

じゃ、せっかくだから、とミノ氏。もちろん私も御馳走になる。

なるほど、食ってみるとたしかに餅が違った。

その雑煮の餅は肌色で柔らかく、噛むと抵抗するように押し返してくる。それでも噛み続けると、温かい血のような味がした。噛み続けずにはいられない。

今から思い返すと、それは餅が違うどころか、餅ですらなかったような気がするのだが、あのときは別にそれがおかしいとも奇妙だとも思わなかった。

それにしても、こんなふうに回想するその度に、記憶から色が抜けていくような気がするのはどういうわけなのか。

そんな馬鹿なとは思う。だが現に、今ではあの初詣の思い出は、薄い墨で紙に描かれた絵のようであり、したがって、餅の色も本当に肌色だったのかどうかよくわからない。

薄墨で描かれたミノ氏やトーフー氏そして妻と私。皆が顔をつきあわせるようにして、同じ紙の上に描かれたもっと薄い絵を覗き込んでいる。

絵に描かれた自分たちの姿よりも、もっと薄く描かれた絵を皆で見つめている絵。まるでそんな絵のような頼りなく薄い記憶でしかないのだ。

しかしそれでも、すべてを真っ黒に塗りつぶされていないだけ、ましなのだろう。

すくなくとも、その記憶をまさぐって、こんなふうに文字に残すことくらいはできる。

そう、小説化することくらいは——。

四　蜜柑《みかん》

目が覚めたときにはまだ頭の中にくっきりと残っていたから、たぶんそれが今年の初夢ということになるのだろう。

大晦日《おおみそか》の朝、ここからすこし離れた町の河口付近に、奇妙なものが打ち上げられた。見つけたのは、凧揚げをしに浜へ行った子供たちだ。

明け方にちらついた雪で白くなった波打ち際に、その生き物は転がっていたらしい。

手も足も目も鼻もないそんな塊が、なぜ生き物だとわかったのかといえば、そこに口だけはあったからだ。

濃い肌色と薄い肌色が混ざり合って渦のような模様を作っていたその塊の中央部には、粘土にナイフでいれたようなまっすぐな切れ目があって、それが呼吸をするように開いたり閉じたりしていたという。

このくらい。

その切れ目の大きさを尋ねられた子供は、自分の両腕を目一杯広げてみせた。

もちろん、ただそれだけで口だとはわからない。決定的なのは、その中に、白い歯が並んでいるのが見えたからなのだ。

その肉の切れ目が半開きになったとき、白くて鋭い歯が何本ものぞいていた。

子供たちはそう証言する。

大人の腕ほどもあるような白くて尖った歯がびっしりと、その切れ目の上と下に並んでいたというのだ。ひとりの子供が試しに近くに転がっていた流木を入れてみた。すると、いきなりその塊がぐにゃりと歪んで、ばりばりばりと簡単に食い千切った。

もうちょっとで腕ごとかじられちゃうところだったよ、と語る。

なんにしてもこうなったら生き物であることは間違いない。しかし名前はわからない。そもそも、こんなものは今まで見たことがない。テレビでも図鑑でも。

もしかしたら、値打ちのある珍しい生き物かもしれない。いや、そうに違いない。子供たちがそう考えるのも無理はないだろう。

そして、彼らは無謀にも、この謎の生き物の捕獲を試みる。

もちろんその歯が危険であることはすでにわかっている。直接手で触れたりはしない。海辺の子供たちだから、危険な生き物の扱いは心得ている。

誰かが浜に捨てられていた投網を拾ってきて、それでぐるぐる巻きにした。そうして動けなくしておいてから、ひとりを見張りに残して大人を呼びに行った、というわけだ。

ところが、そう簡単に大人は話を聞いてくれないし、聞いてもわざわざ浜まで来てくれなどしない。ようやく、いつもぶらぶら遊んでいるヒデちゃん、という大人を捕まえて、そこまで引っ張って戻ってきたときは、もうお昼近くで、そして、せっかく生け捕りにしたはずのその謎の生き物の姿は、すでにそこにはなかった。

まあそれだけなら、大きなゴミか何かを子供たちが見間違えたのだろう、で済んでしまう話である。事件にもならない。

だが、そんなものがわざわざ事件として回覧版に載っているのは、子供がひとり行方知れずになったからなのだ。

大人を呼びに行くときに、見張りとしてその場に残していった子である。

どちらかと言えば皆から馬鹿にされていたその子をひとり残して、大人を呼びに行ったのだ。

ひとりでいるのに飽きて、どこかに遊びにいってしまったのだろう。大人は最初そう考えたが、しかしその子の両親から、息子が夜になっても帰ってこない、という届けが出され、いっしょに遊んでいた子が証言し、その子のものらしき運動靴が片方、波打ちぎわに転がっているのが発見された。ただちに、警察と消防団による大掛かりな捜索、となったのだった。

すぐに見つかるだろうという大方の予想に反して、その子はいっこうに見つからなかった。

それから数日後、はたしてその出来事と何か関係があるのかどうか、町におかしな噂が立つ。

この湾を航行する漁船や釣り船の乗組員や乗客によって、怪しいものが頻繁《ひんぱん》に目撃されているのだという。

小さな船ほどの大きさのある肌色の餅のようなものが波間に浮いているのを見た、とか、船の真下を巨大な丸いボウズ頭のようなものが通りぬけて行った、とか、突如として船の真横に浮かび上がってきて、それで転覆しかけた、とか。地味なのから派手なのまで、いろいろある。

子供たちが海岸で目撃したというその謎の生き物と形状の似ている部分が多いから、同じものではないか、と考えられたが、しかし、大きく違っているところもある。

子供たちが言う、目も鼻もなくて口だけだった、という点。

船から目撃した者たちによると、その塊には、ちゃんと顔があるのだという。

いや、顔しかない、というべきか。

巨大なだけの顔そのものなのだ。

水の中から空を見上げるように波間に浮かんでいる顔。

何か不思議なものでも見つめている子供のように、それは両目を大きく見開き、口をぽかんと半開きにしていたという。

その開いた口の中には、白い尖った歯がびっしりと並んでいる、という点は、子供たちの目撃例と同じなのだが。

とまあ、回覧板で私が読んだのはそんな記事で、普段は回覧板など見ないのに、なんとなくその記事が目に入ってきたのだった。

子供の頃から、その手の怪しい事件が好きで、海で目撃された怪生物、とか、湖の怪獣騒ぎ、などを見ると、切り抜いてノートに貼り付けたりしていた。

さすがに大人になってからはそこまでしなくなったが、それでも好きなことには変わりなく、そんな私にとって、それはなかなかに心ひかれる記事だったのだ。

何度も繰り返し読んだ。それで、記事の再現映像のような夢を見たのではないか。

それにしても、それが初夢とはなぁ。

そう思った。あいかわらずそのまんまだなあ、などと自分の単純さに呆れながら。

ところが妻は、そんな記事など知らない、というのである。

そんなことはないだろう。ちゃんと回覧版を読んでいないんじゃないか。

私がそう言うと妻は、そんなことないわよ、だって新年のゴミの回収日とかも書いてあるんだから、ちゃんと読んでるって。だいたいそんな変なニュースがなんで回覧版なんてものに載るのよ。

そう反論する。

それに子供がひとり行方不明になってるんなら、もっと大騒ぎになるでしょ。回覧板なんかじゃなくて。

言われてみれば、そうだ。しかし、たしかに回覧板で読んだ。回覧板だから切り取るわけにもいかないな、と思ったことも憶えているくらいなのだが――。

ああ、そうか、とそこで私は思い直す。

回覧版で読んだというそのこともまた夢なのだ。うん、そうに違いない。

近頃、やたらとはっきりとした夢を見るのである。

シナリオを読み込むなどという慣れないことをやっているせいもあるのだろうか。たぶんそれはあるのだろうなあ。

夢とは思えないほどの賑やかで鮮明な夢は、いろんな描写の参考にもなるから大歓迎ではあるのだが――。

しかし今回のように、現実と区別がつかなくなるようなのは、ちょっと困るかな。

いやまあ、ちょっとだけ、だけど。

＊

いよいよ映画の撮影が始まります、と連絡があったのはそんなときで、さっそく見物にいくことにする。

本当は見物だけではなくて、いったい自分がどういうことをどこまでやればいいのか、というようなこともそろそろ確認しておかなければならないのだろうが、まあ個人的には、物見遊山《ものみゆさん》というか、そんな気分だ。

そもそも、まだギャラについての話もしていないし。

いったいどの程度貰えるのか。

それどころか、これは本当に金になるのか。そんな根本的なことすら曖昧《あいまい》なままである。

映画なんて、どちらかといえば赤字になることのほうが多いようだし、赤字ならお金は出ない、などということもあり得るのだろうか、とは思う。いちおうはプロなのだから、きちんと契約書をかわしたりとかしなければいけないのだろうが、しかしギャラさえ受け取っていなければ、やっぱり嫌になったときに辞めやすそうだし、などと考えてついずるずるとそのままになってしまった。

まあそこらが私のダメなところというか、だからプロではないのだろうなあ、と思う。思うが、思うだけでこういうのはなかなか直らない。それに、金さえ受け取ってなければ嫌になったとき辞めやすそう、というのも私がなんとなくそう思っているだけで、実際にはそういうわけにはいかないのだろうなあ。わかってはいるが、それでも自分としてはそのほうが気楽にやれるし、そういう気楽な立場に自分を置かないとどうも落ちつかなくて何も手につかないのだ。追い詰められたくないし、背負い込みたくない。昔からそう。やっている自分がおもしろくなければ嫌だし、自分がおもしろくないのならたぶん他人が読んでもおもしろくなどないだろうから、それがいちばんいいはずで、なおかつそれによってお金が貰えれば文句はない。当たり前だ。プロではないということは趣味なのだから、お金にならなくても文句は言えない、でもお金になったときは、まるもうけ、という気分になって、プロよりもずっと得した感があるし。もしこれがお金にならなかったら、また近所でアルバイトでも探そうか、でもなあ、アルバイトもそういつまでもないよなあ、というか、もうないんじゃないのかなあ、とかなんとか、ぐだぐだぐだぐだと頭の中で、でもたまには口に出して言ってしまったりしながら歩き続けているうちに、いよいよ今日から撮影が始まるというその現場である水路沿いの廃工場へと到着したのだった。

するとﾞ出てきたミノ氏は、まるでそこに至るまでの私の頭の中を読んでいたかのようにこんなことを言うのである。

あのですねえ、お知り合いに、映画のエキストラのアルバイトをやってみようかな、なんてかたは、いらっしゃいませんかね。

あ、いますいます、とすかさず答えた。

そりゃあ助かります。紹介していただけますか。

しますします。

どういったかたですか、とミノ氏が尋ねるので、こういったかたですよ、と自分を指差した。

うーん、とミノ氏は私の顔をまじまじと見て、それから、ふむ、とうなずいて言った。

ああ、そういうことですか。うん、それじゃ合格。えーっと、まだ準備がありますので、それまでは自由にしててください。呼びますから、声の聞こえるところでね。あ、あそこにあるコーヒーとクッキーは自由にどうぞ。セルフサービスで。

工場の通路に出された長机を指差してミノ氏は言った。

なるほど、魔法瓶やら紙コップが置かれていて、なんだか現場っぽい。

うん、こういうディテールは大事だよ、間違って神が宿ったりするからな、などともっともらしく思うのは、これは遊んでいるのではなくあくまでも仕事仕事、と自分への言い訳でもある。

まあそんなこんなで、単なる見物のつもりだったのが、さっそくアルバイトとして雇われることになった。そうなるともちろん、趣味ではなくアルバイトなのだから、ギャラのこともちゃんとその場で確認した。

時給に換算するとそんなによくはないが、映画の現場だから実際に何かをするより待ち時間のほうが圧倒的に多くて、だからその間は本を読んでいてもいいしこんな文章を書いていたりしてもいい。そしてもちろん、アルバイトなのだからそうしていても時給はもらえて、さらに取材にもなる。まさに、まるもうけではないか。うん、よかったよかった。

そんなことを思ってほくそえんでいる私のすぐ隣では、同じくミノ氏が連れてきたアルバイトらしき女子高生たちが出番を待っている。いや、あの制服は衣装で、本物の女子高生とは違うのかな。

私よりも先に来て、もうずいぶん待っているようだ。待ちくたびれてすっかりダレ切っているその様子からも、それは明らかである。

工場の壁ぞいに廃材が積み上げてあり、そこにブルーシートがかけられている。

彼女たちはそれに腰かけていた。

横にあるテーブルには蜜柑が山盛りだ。大ぶりでなかなかおいしそうな蜜柑である。通路にあるケータリングのコーヒーとかクッキーと同じように、これも勝手に食べていいのだろうか。実際、二人とも食べているし。いや、自分たちで持ってきたものなのかもしれないな。どうなのだろう。こんなに何十個も持ち込んだりはしないと思うが。

いかにも廃工場然としたくすんだ景色の中で、ピラミッド状に積み上げられたその蜜柑の色だけがやけに鮮やかだ。

他はすべてモノクロで、そこだけがカラーのように。

自分、蜜柑好物っすからね。普通、二十個くらいは楽勝っすよ。

もぐもぐもぐもぐと口を動かしながら女子高生のひとりがそう言うのが聞こえた。

でも、せっかく蜜柑があるんだから、炬燵《こたつ》も欲しいっすよねえ、先輩。

寝ちゃうだろ。

でもせっかくこんなに蜜柑があるのにさ。ほんと、蜜柑ってうまいっすよねえ。果物の王様だと思うな。思いません？

思わねーよ、と先輩。

まじっすか。こんなにうまいのに。あ、もう一個剥いちゃおっと。

あんた食い過ぎ。

だからあ、好物なんすよ。うん、うまいうまい。ああ、そうだ、ねえねえ、先輩、話変わりますけど、化猫って本当にいるんですかね。

変わり過ぎだろ。なにそれ？

うちの猫がね、ときどきいなくなるんですよお。夜中に出かけて、そのまま朝まで帰ってこないこともしょっちゅうで。

猫って、そういうもんだろ。

いやあ、それがですね先輩、ドアも窓もちゃんと閉まってるのに、それでもいつのまにか出て行っちゃってるんです。

ああ、自分で開けてんじゃないの。そういうことする猫、けっこういるよ。

それなら、窓とかドアは開いたままのはずじゃないですか。それがねえ、閉まってるんですよね。

ああ、なるほどね。

そうそうそう、そうなんですよ。ほら、昔から言うじゃないですか。自分で襖を開けるまではいいけど、開けた襖を自分で閉めるようになったら、それはもう猫又だ、なんて。

ああ、言うね。

もしかしてあいつ、猫又なのかな、なんて思って。

ははあ。

いや、かわいいから別に猫又でもいいんですけどね。

うん、ま、かわいけりゃ問題ないよね。でもさ、猫又かどうかなんてすぐにわかるんじゃないの。

それそれ、そこですよ、言いたかったのは、さっすが先輩。

さっすが、とかじゃないよそんなの。誰でもそう思うって。

まあ、あるあるですよね。いや、だからですねえ、あいつが昼寝してるときに、そおっと尻尾を調べてみたんですよね。そしたらこれが――。

二又に分かれてた？

残念、分かれてませんでした。でももしかして、うまく一本に見せてるんじゃないか、とも思って。ほら、猫又だからそのくらいの化かし、やりそうじゃないですか。そんで、つまんだり引っ張ったりしごいたりしてみたんですけど――。

猫、怒っただろ。

引っかかれましたよお。で、そのときの傷が、これ。

こりゃ、かなり本気で怒ったね。

まあ悪いのはこっちっすからね。

そりゃ、そうだ。

だから、猫又じゃなかったんです。

うん。

でも、やっぱりいなくなるんですよね。

出ていくとこは、見たことないの？

ないんです。っていうか、ずっと見てるといるんですよ。それが、ちょっと目を離したら、いなくなってる。猫又じゃないにしても、やっぱり化け猫なんじゃないかと。

なんだよ、猫又じゃないけど化け猫って。

だって二又じゃないですからね。

まあいいじゃん、かわいいんなら。かわいいんでしょ。

そりゃ、かわいいですよ。でも化け猫となると、なんかいろいろと大変そうじゃないですか。

あのさあ、と後輩に顔を寄せるようにして先輩はささやいた。

さっきから化け猫化け猫言ってるけど、あんた、化け猫ってどういうのか、ちゃんと知ってるの？

知ってますよお。猫のお化けに決まってるじゃないですか。

へええ、と先輩がさらに尋ねる。

それじゃあさ、お化けってどういうこと？

だから、化けてるんでしょ。

猫が何に化けたっていうの？　猫は猫のまんまでしょ。いったい、猫は何に化けたことになるの？

こんなとこでいきなりそんな難しいこと言われても。

ほおら、やっぱり知らない。あのさあ、化猫っていうのは、正確には、量子化された猫、の略なんだよ。

量子化猫、略して、化猫ってわけ。

ああ、そうなんだ、先輩物知りなんですねえ。ふうん、なあるほど。

なあるほど、って、あんた、量子化って、どういうことか知ってんの？

知りません。

じゃ、なあるほど、じゃないだろ。

すみません。

量子力学ってあるだろ。

うーん、えっとですね、理科は苦手なんですよ。

理科っていうか、物理だけどね。まあ簡単に言うとさ、光ね。光っていうのは、粒であって同時に波でもあるわけなのよ。

先輩、それって、ちっとも簡単じゃないですから。

つまり、光っていうのは、光子っていう粒で出来てるっていう考え方と、空間を伝わってくる波だっていう考え方があったわけ。

あのー、抗議は無視っすか。

だからようするにさ、ボールみたいに飛んでくるものなのか、音みたいに伝わってくるものなのか、ってことだよ。ある実験では、光は粒みたいな性質を示すし、また別の実験では波みたいな性質を示すわけよ。

へええ、じゃ、どっちなんですか？

どっちも。

いや、どっちも、って。

だから両方なんだよ。観測するまでは、可能性の波なんだけど、観測した途端にそれが収束して一つの点になるわけ。

もう、なにがなんだかのわけわかめですよ、それ。

まあとにかく、ミクロの領域では、そういうことが起きてるわけ。それが量子効果。で、これをもっと大きなところまで拡大する。

そんなことできるんですか。

本当にできるかどうかはわかんないけど、ま、それが、シュレディンガーの猫っていう思考実験なわけ。で、その方法を使うとね、生きてるのに死んでる、死んでるのに生きてる、なんて状態の猫を作ることができる。それが量子化猫。

ああ、略して化猫、っすね。

そうそう。

だけど、なんでそんな変なことするんですか。

量子状態にしとくことで、いろんなことが便利になるんだよ。たとえば、トンネル効果って言ってね、壁を何の抵抗もなく通りぬけたりできるわけ。

ああ、それじゃ、うちの猫は、そうやって外出してるんですかね。

そこまではまだ断言できないけど、可能性は高いね。

そんなもんですか。

そんなもんだよ。他にも、二匹の毛色の違う猫をひとつの箱の中で量子化して、それを箱に入れたままふたつの箱に一匹ずつ分けるとするよね。そうすると、箱を開ける直前まで、箱の中の猫の毛色は確定できないわけだ。でも、片方の箱を開けると、その瞬間にもう片方の猫の毛色は必然的に決定されるよね。だって、残ったほうの毛色ってことになるんだから。つまり、猫を入れたふたつの箱の間にどれだけ距離があるにもかかわらず、情報が伝達速度ゼロでやり取りされたってことになる。この原理を使えば、光速の壁に囚われずに情報が伝達できるかもしれない。つまり、超光速通信だよね。そうなると、すでに確定したはずの過去に情報を送れる、つまり歴史を変えられるかもしれないわけよ。

いやいやあ、歴史を変えるとか、そんな大層なことやってくれなくても、かわいいだけで充分なんですけど。

まあ、まだそうだと決まったわけじゃないけどね。

それじゃ先輩、いちど見に来てくださいよ、うちの猫。

それはいいんだけどさ、あんたさっきからずっと猫猫猫って、猫の名前くらいあるんでしょうが。

ああ、前はあったんですけどね。今は一匹しかいないから猫でいいんですよ。猫としか呼んでないし。

それ、ほんとにかわいがってんの。

かわいがってますよお。だって、かわいいんだから。まあ、いちど見てやってくださいよ、うちの猫。

わかったわかった、と先輩はうなずき、そして話題はクラブ活動における態度の悪い部員にどう対処して、どんなふうにチームをまとめていくべきか、というのに移り、そこからワンバウンドしてもうすぐやってくるバレンタインデーの周辺をうろうろしたあたりで、すいませーん今日はここまでです、とミノ氏の声がかかった。

せっかく来ていただいて申し訳ありませんが、本日はもう撮影はありません。また明日お願いします。

いつのまにやらあたりは薄暗くなっている。ミノ氏の説明によると、光が足りないから、結局私も彼女らも出番のないままに今日の撮影は終了、ということらしい。

あっ、もう帰って頂いてけっこうですよ。もちろん規定のギャラは払いますからね。それじゃ、明日もまたお願いします。

ミノ氏が何度も頭を下げながら繰り返す。

もっともスタッフは、暗くなっても撮れるシーンを今からまだ撮るのだという。御苦労なことである。

女子高生たちは、テーブルの上に山と積まれた蜜柑の皮をビニール袋に入れ、帰っていった。では、自分たちで持ってきていたものだったのか。あれだけあった蜜柑は、すべて食べつくされていた。

明日も撮影はあるということなので、私も今日のところはこれで帰ることにする。

＊

翌朝、指定された時刻に同じ廃工場に行ってみると、もうすでにスタッフは作業を始めていた。錆《さ》びついた鉄扉の隙間から建物の中を覗くと、照明や音響の機材、他にもなんだかわからない機械や道具が壁沿いに積み上げられたその間を様々な指示の声が飛び交っている。そんないかにも現場らしい現場に私の野次馬心は大いに刺激された。

なるほど映画というのはお祭りだなあ、と納得する。それが誰の言葉だったのか忘れたが。

ああどうもどうもご苦労さまです、と、ミノ氏の増幅された声が、頭の上で響いた。

見上げると、カメラやライトが取り付けられた櫓のてっぺんで、ミノ氏が黄色いメガホンを振っている。

なんだか見覚えのある櫓だなと思ったら、なんのことはない盆踊りの櫓ではないか。側面に銀座倶楽部の提灯がついたままだから間違いない。

ええっと、まだ準備にしばらくかかりますから、自由にそこらへんを歩き回っててくれていいですよ。出番が近くなったら声をかけますので、声のとどくところにさえいてもらえれば。

ミノ氏はメガホンでそう言い、また作業に戻った。二十名ほどのスタッフが、それぞれの仕事をこなすために慌しく動き回っている。

大変そうではあるが、同時に楽しそうでもあった。

ひとりでちまちま書いているだけの小説にはもちろんこんな現場はないから、そんな活気や高揚感がすこし羨《うらや》ましくなったりもする。もっとも、私にはこんなふうに大勢といっしょに動いたり、まして動かしたりする能力などまるでないから、きっとすぐに嫌になるはずだ。泥んこでひとり遊びをする子供のように頭のなかでぐちゃぐちゃと捏ねまわしているのが性にあっている。それは自分自身がいちばんよく知っていること。だから、そういう現場にアルバイトとして関わらせてもらう、というあたりが、自分にとっていちばん居心地のいい立ち位置なのだろうな、とか、そんなふうなことを考えながら壁にもたれて現場での作業を眺めていた。

そうこうするうちに、ぶうううううん、と蜂《はち》の羽音のような唸りとともにいくつものライトが灯り、フロアの中央にあるプールのような四角い窪みの中が照らし出される。

二十五メートルプールほどの大きさだろうか。ついさっきまでその底は薄暗くてよくわからなかったのだが、今は光が当たって全体がせり上がってきたみたいに見えた。

おおお、と思わず声が出た。こいつはなかなかすごい。これを見るだけでも参加したかいはあったというものだ。

すっかり嬉しくなった。

そこにあるのは、この町なのだ。

町の精巧なミニチュアセットなのである。そこには、商店街も線路も駅も市場、町の外れを流れる川や高圧線の鉄塔、そしてもちろんこの工場もちゃんとある。

だがよく見ると、それは現実のこの町ではない。いろんなところが違っている。

そのこともすぐにわかった。川沿いに並ぶ工場群は現在のように閉鎖されてはおらず、きちんと稼動しているようだし、今ではもうなくなってしまった貨物用の引込み線や、材料の入荷や製品を出荷するためのコンテナ基地もある。

だから私が今、目でたどっているその路地の奥に、今の私が住んでいるあの借家が存在するのかどうかはわからない。ここにあるのは、私の存在していないこの町のミニチュアらしいのだ。

たぶん活気に溢れていた頃の、過去のこの町。

そこには、目に見えない活気さえも再現されているように思える。月並みが言い方で申し訳ないが、まるで生きているような模型なのだ。

どうやらこの映画は、そんな時代の町が舞台になっているらしい。

今はどこにもないそんな町が、眼下に広がっていた。

赤虫川が湾に注いでいる。そこまで作りこまれている。河口の向こうには湾が広がっている。その先の空はもちろん本物の空ではないはずだが、それでも本物のように見える。

霧がうまく継ぎ目を隠しているのだろうか。

そう、かすかに霧が出ていた。フロアの隅のスモークマシンが、冬の朝の霧を作り出しているらしい。

湾全体が淡い蜜柑色の光に包まれて見えるのは、朝日が霧の粒にぶつかって乱反射しているからか。

もちろん、その朝日は、本物の太陽などではなく、照明用の丸くて大きなライトなのだろうが——。

そう思ってよく見ると、なんと朝日だけは窓の外から射している本物だ。

こんなところにいると、いったい何が本物で何が偽物なのか、だんだんわからなくなってきますね。ミノ氏に言うと、そう言っていただけると安心します、と。

ひと回りさせてもらっていいですか。

もちろんもちろん、出番になったら声をかけますから。

こんなものを見る機会はめったにない。せっかくだから、壁沿いに、ゆっくりと歩いて一周しようと思った。

さっきのは町の鳥瞰図だったが、それだけでなく、広い工場のフロアのいたるところに、いろんな縮尺で町のいろんな部分が作られているようだ。

これはかなり見ごたえがある。

国道沿いの町並みがある。

二階建ての家は、私の膝くらいの高さだろうか。ちゃんと電柱も立っていて、電線が複雑に張り巡らされている。

鳥の視点、いや、怪獣の視点かな。

ゆっくりと見て歩きながら、そんなことを思う。こうして歩いているだけで、なんだか自分がそういう巨大な何かになったような気がしてくる。

自分の力だけで、この町を破壊することもできる。そんな気はなくても、ただ移動するだけで、何かを破壊してしまうことになるだろう。

そんなことを思うと同時に、以前、そんなことをしたことがあるような気がして仕方がない。

そんなこと？

どんなことだ？

だが、そんな気がする。

いや、気がするだけではない。

憶えている。

たしかあれは――。

こんな朝ではなかった。

そう。

夜だ。

あのとき私は、夜の町を見下ろしていた。

そんな記憶があるだけでも充分に奇妙なことなのに、その記憶の中で同時に私は、夜の町を見下ろす巨大な存在を見上げてもいる。

夜空よりも暗くて重いもの。

巨大なものが、地響きを立てて、夜を横断していく。

それを呆けたように見ていた。

そんな場面をたしかに憶えている。

あるはずもないそんなことを、なぜ憶えているのだろう。

あれこれ考えながら、ミニチュアの並ぶ四角い枠の縁を私は移動していった。曖昧な記憶をたどるように――。

いちばん端に、朝焼けの空が描かれたパネルがあった。近づくと、それは空ではなくてただの絵にしか見えない。

その裏側に回ってみると唐突に、また違う風景が出現した。

そこにあるのは、ミニチュアではない。

目の前にあるのは、夜の商店街だ。シャッターの降りた深夜の商店街の中に、自分は今、立っている。

工場内の通路を利用して作られた原寸大のセットらしいが、あまりによくできているので自分がどこにいるのかわからない。頭はそれが本物そっくりのセットであることを理解しているのだが、しかし肉体は納得していない。そんな感じ。

セットの縮尺が変わったのではなく、自分のほうが小さくなって、さっきまで見下ろしていたミニチュアの町の中に迷い込んでしまったような――。

そんな感覚に頭の芯がぐらぐらと揺れている。

昔はずっと活気があったのだろうが、こうしてシャッターが降りていると、見た目は現在の商店街とほとんど変わりがない。

もしかしたら私は今、ほんとうに商店街にいるのではないか。

そんな気もする。

だがもちろん、それが作り物であることはすぐにわかった。

たとえばほら、八百屋と薬局のあいだの路地を入ってみると、すぐそこにあるはずの銭湯に行くまでに、灰色の壁につきあたる。

壁の前で振りかえると、セットの裏側のベニヤ板とそれを支える角材が見えた。

壁とセット裏の間の通路らしきスペースがある。

裏から見ると、原寸大に見えているセットも意外に狭い。表には、遠近法を始めとするいろんな錯視のテクニックが使われているのだろう。きわめて限定されたある角度から見た場合にだけ、セットの奥行きと大きさが、まるでほんものの風景のように感じられるだけなのだ。

だが、シナリオに従ってセットの中の所定の位置に立っている限り、そんなことはわからないだろう。

工場のフロアは何枚ものパネルで複雑に仕切られていて、ひとつにセットを出たところがそのまま別にセットの中だったりする。

さっきまで商店街を歩いていたのに、半開きになったそのシャッターをくぐるとすぐそこが神社の境内だったり、境内の隅の石段を登ると、その上に小学校の理科室らしき部屋があったり。

壁沿いのガラス戸棚の中に並んでいるアルコールランプや試験管やフラスコやメスシリンダーやシャーレ、それになによりも、ひっそりと立っている人体模型が、そこが理科室であることを示している。

血管や筋肉、それに内臓が外から見えるよう皮膚や肉が剥ぎ取られたその人体は、たしかに見覚えがある。

黒板を背に立ち、教室を見まわした。

なんと、そこは私の知っている理科室だ。

私の記憶の中の理科室。

なぜそんなものが、ここにセットとして組まれているのか。

誰かが私の頭の中を覗いたのでは。

一瞬そんなことを考えるが、いやまあしかし理科室などというのは、どこの学校でも似たようなものだろうし、と思い直す。

それに記憶などというのは、いたって曖昧なものだ。後からの思い込みでどうにでも変形してしまう。そういう意味では、過去というのも未来と同様に固定されたものではないのだろう。

ほんとうの過去などというものは存在せず、人間が認識できるのは、後から自分の頭の中で組みたてられた記憶という、いわば映画のセットのようなものでしかない。共通する部分、似た部分はたくさんあるのだろうが、全員が違っている。だから逆に、たとえ同じセットでも見る人が違えばその数だけ違うものが見えるはず。

そんな理科室の奥にある引き戸を、私は見つめている。

実験準備室へと続く扉。

扉の傍《かたわ》らには、あの模型の人体が番人のように立っている。

放課後、ひとりで理科室に入るとあれが追いかけてくる。

そんな噂があった。

今にして思えばありきたり過ぎる噂だが、学校の怪談などという言葉はあの頃まだ流通していなかったし、なによりも当事者たちはそれがありきたりな噂であることなど知らない。

なにしろそれは、ほんとうにあったこと、だったのだから。

そして、なぜ人体模型がそんなことをするのか。その理由づけになっているあの扉の向こうの実験準備室に関する噂。

そんなのもあったはず。

あの引き戸。

重い木製の戸なのに、意外なほどの軽さでからからとレールの上を動くときの音と手に伝わってくる振動を記憶している。

なぜそんなところだけをはっきり憶えているのだろうな。

あの噂がどんなものだったか、思い出すことができないのに。

すこしだけ開けて、隙間から覗くつもりで手をかけたのだ。そう、ほんのちょっとだけ。そう思って。

なのに、からからからと戸は大きく開いた。

まるで戸が自分で開いたみたいだった。

からからからから。

乾いた笑い声みたいな音。

私の記憶の中にあるそれと、今、自分の目の前にあるその戸が同じものであるはずはないのだが、でもそれをたしかめるためには、開けて見なければ。

我ながらおかしなことを考えている、と思ったそのときには、私はもう引き戸に手をかけていた。

からからからから。

手をかけると同時に、戸が勝手に動いていくあの感覚。

誰かが向うから同じように開いているみたいな――。だが、それが記憶の中にあるのと同じものであるのかどうかはよくわからない。

からからからから。

戸が開いて、拍子抜けした。

そこにあったのは、実験準備室ではなく、駅のプラットホームなのだ。

無人のプラットホーム。

ちゃんと線路も敷かれている。白線を越えてプラットホームから身を乗り出すと、どんよりとした冬空の下、線路は川を越えて彼方の消失点まで見える。

もちろん実際にそんなところまで作っているはずはないから、これも映画のセットによくあるように、途中からはリアルに描かれた絵か映像なのだろう。

そう思ってもういちど目をこらして見ると、赤虫川にかかるあの鉄橋はやっぱり絵である。

だが、そこから足もとの白線まで、徐々に視線を移していっても、いったいどこが、絵とそうでないところの境界になっているのかがわからない。

そんなふうに視線を動かしているうちに、自分の足もと、自分の立っているところまでもが絵のように思えてきてしまう。

もしこれを外から見ると、今の自分も絵と見分けがつかないのではないか。もしかしたら、すべてはひとつながりの絵にしか見えないのではないか。

そんなことを思ったりもするが、あいにくなのか幸いなのか、ここに立ったまま、外からここにいる自分自身を見ることはできない。

もし見えたとすれば、それは鏡なりフィルムなりデータなりにうつしとられた自分だろう。あるいは、自分自身では気がつかないうちに死んでいて、もう自分自身ではなくなったかつての自分の肉体を見ている、とか。

まあしかしそういうことはなるべく考えないほうがいい、本当にそうなってしまったりするからな、などと思うこと自体が、何かに化かされている証拠なのかもしれないが。と、ほらほら言わんこっちゃない、なんとあそこに見えているのは自分自身ではないか。

高架になっているこの駅のプラットホームからは、駅前市場の二階がちょうど目の高さに見えるのだ。線路越しの斜め前方あたり。

あの市場に二階があると知ったのは、そんなに前のことではない。そもそも二階があるなどとは考えもしなかったし。

古い市場である。板と木材を継ぎ足し継ぎ足し、でたらめに膨れあがったような構造物なのだ。そんな市場のトタン屋根の上に無理やり細長い建物が乗っている。

渡り廊下のようなそれが市場の二階だ。妻に買い物を頼まれて、何度か行ったことがある。その二階の窓から覗いている顔が、どうも私っぽいのだ。ぽかんと口を半開きにして、私が立っているこのプラットホームを見つめているではないか。

だが幸いにして、その私は、この私の存在には気がついていないようだ。あれは、あそこからプラットホームが見える、ということに驚いている顔だ。へええ、こんなところからあんなものが見えるんだなあ、では、自分でも気づかないうちにあそこからこっちを見ていたということもあるのだろうなあ、変なもんだなあ、とかなんとか。そんなことを考えているに違いない。あれはそういう顔なのだ。うん、他でもない自分のことだから、そのくらいはわかる。

子供の頃からそうだった。思いがけないところから思いがけないものが見える、というのが好きだった。なぜかはわからないが、そういうのが好きだったのだ。

他にも、誰も知らないだろう家々の隙間の抜け道とか、路地とも呼べないような細い通路とか。そんなのを発見すると、世界の秘密を手に入れたような気がして、やたらと嬉しくなったものだ。

あれは、そういうときの顔なのだ。

無防備に嬉しそうで、なんだか馬鹿っぽく見える、と妻が評する表情。

なるほど、こうして見ると、たしかにそう評されても仕方のない顔だ。自分で見てもそう思う。

思わずため息が出たところで、頭の上からアナウンスの声が降ってきた。

回送電車が参ります白線の内側でお待ちください回送電車がまいります白線の内側で――。

もっとも、本物のプラットホームではないここに電車が入ってくるはずはない。それは頭ではわかっている。だが、そのアナウンスを聞くと、勝手に肉体が反応する。

さっきまで身を乗り出してその先を覗いていたプラットホームの縁から白線の内側へ、あわてて一歩下がった。

下がってよかったのだ。

次の瞬間、本当に電車がきた。

鮮やかな緑色の回送列車が私の目と鼻の先をかたとんかたとんかたとんかたとんとほんとうに通り過ぎていった。

なぜかその側面のプレートは『回送』ではなく『回想』になっている。もちろんそんなはずはないから、目の錯覚だろうなと思う。

それに、あの列車は回送でもなかった。

車輛の中はぎっしり満員。それがはっきりと見えたのだ。

乗客を乗せた回送などない。

そんなありえないはずの満員の乗客全員と目があったように感じたのだが、まあそれも目の錯覚かもしれない。

ぱあああん、と、すぐ耳の側で警笛《けいてき》が鳴ったと思ったときには、もう電車は私の目と鼻の先を通り過ぎていた。

私は再び白線から足を踏み出し、遠ざかっていく列車を見送った。

最後尾の車輌の窓から、車掌がこっちを見ているのが見えた。

こっちを指差して何か言っている。

指差し確認だろうか。

だが、その指は、まっすぐ私を差しているようにも思える。白線から踏み出している私をとがめているのかもしれない。

電車はさらに加速し、加速しながら鳴らした警笛はドップラー効果に歪みながら遠ざかっていく。

あれえ、乗りそこなっちゃったんですかあ。

片手にバケツを提げた若い駅員が、私を見てそう言った。

せっかくアナウンスまでしてあげたのに。あっ、もしかして、ちょっと表現としてわかりにくかったですかね。

それがどういう意味なのかわからなかったので黙っていると、ああ、またやっちゃったかな、やべえなこりゃ、と舌を出す。毒々しいほど赤く、尖った舌だ。

ああ、そうなのかあ、そうですよねえ。うーん、また怒られちゃうなあ。つい、あっちからの視点で考えちゃうんですよね。そうかあ、あっちからすれば内側なんだけど、こっちからすれば外側だもんねえ。そうだよなあ、うん、白線の外側で、って言わなきゃいけなかったんだ。それならあなたもすんなりあっちに行けたのになあ。うん、言葉って難しいですよねえ。

言葉の合間に、ふううっ、ふううっ、と奇妙な声とも息ともつかない音を出しながらやたらと私を見つめている駅員の目には、なぜか白い部分がない。

大きな黒い目の中央に、満月のような金色の虹彩《こうさい》がある
そんな満月が、きゅうううと音を立てるように、左右から見る見る欠けて、縦に細くなった。

なんだこれは。

私はあらためて思う。

どう考えても人間ではないな。

なぜそんなものがここにいるのか。しかも駅員。映画の特殊メイクか。しかし、これは怪獣映画なのだ、化け猫映画などではなく。

それはともかく、今はこの場を離れたほうがよさそうだ、と思う。むこうもなにやら違和感に気づいているみたいだし。ここは一刻も早く——。

とまあ、頭でそんなことを考えるより先に肉体が反応していた。さっきから背中がぞくぞくして、こんな目で見つめられるのには、これ以上耐えられない。

あの、そろそろ出番かもしれないので、失礼しますね。

駅員の返事を待たず、私は早足でプラットホームを歩き出す。背中にはっきりと視線を感じている。こ

のまま一気に走って逃げたいところだが、その衝動を必死に抑えつけた。

もしここで走り出したりしたらその瞬間、向こうも反射で動くだろう。

きっと、猫が鼠《ねずみ》にするように、後ろから前足で押さえ込む。理屈ではなく、それがわかった。

だから、できるだけ平静を装おうとした。何も変わったことなどないように、ただ歩こうとした。そうすれば駅員も駅員のままでいてくれるだろう、と。

ところが、自動改札で引っかかった。

腰の高さでぱたんとゲートが閉じ、きんこんきんこん、と派手に鳴り出したのだ。

それでパニックになった。

自制していた何かが、ぷつりと切れた。

閉じているゲートを無理やり跨ぎ越え、転びかけながらよたよたと、でも、そのままの勢いで私は走り出した。走り出してしまった、というべきか。とにかくすでに走っていた。いちどそうなってしまうと、もう抑えがきかない。恐怖に追いたてられるままに、全力で走る。きっと叫び声もあげていただろう。

改札を抜けるとすぐそこにあるのは見覚えのある下り階段で、もし本物の駅なら、そのまま踊り場を折れて階段を下り切った正面が、高架下にある横断歩道になっているはず。だが、もちろんそんなはずがないことは頭ではわかっている。だって、これは本物の駅ではなくて、映画のセットなのだから。

ところが、なんと、高架下の道路に出た。驚いた。どうなっているのかわからないが、こんなところまできちんと作ってあるのか。

しかも、それだけではない。いつのまにやらあたりは夜になっている。いくらなんでもそんなに早く夜になるはずはないから、これは映画の中の夜だろう。こういうのはなんと呼ぶんだっけ。『アメリカの夜』だったか。いや、違うかな。わからない。

高架下の道路は人でいっぱいだ。

人々が押しあいながら逃げている。

背中に子供を背負っている母親。持てるだけの荷物を両手で抱えている男。転んでいる老人。

何か叫び続ける人。

怒鳴っている人。

泣いている人。

いろんな人がいて、そんな全員に共通しているのは、とにかくこの場から逃げようとしている、ということ。なりふりかまわず、この場所から離れようとしている。

一刻も早く。

誰かが倒れた。

その上を踏んでいく。

重なってまた誰かが倒れる。

倒れたその誰かの上を踏んでいく誰か。

そんな誰かもまた、後ろから誰かに突き倒される。

人が物のように倒れ、積み重なり、それを別の人が踏んでいく。

気がついたら、何か柔らかいものの上を走っている。そう、いつのまにか私もその中にいてそうしている。

そうするしかない。

群集のひとり。

エキストラのように。

名前などないその他大勢。

そんな彼らといっしょに逃げている。

はやくっ。

逃げなきゃっ。

誰かが叫んでいる。

そんなことわかっている。

ずうん、と地面が大きく揺れる。

そのたびに身体が浮くような縦揺れがくる。

ずどん、と爆発するような揺れがきて、逃げまどう人々が、衝撃でいっせいに地面に転がった。

それでもなんとか起きあがって走り続け、ようやく大通りに出た。

夜空がオレンジ色に染まっている。

炎が、竜巻のように地面からまっすぐ立ち上がっていた。何本も何本も。

そんな炎の中に、巨大な顔が浮かんでいた。

大き過ぎる顔が私を見下ろしている。

ゆっくりと近づいてくるその顔。

その顔を、私は知っている。

子供の頃、海でいなくなったあの子。

もうずっと忘れていた。

名前だって憶えていない。

何度もその名前を呼んでいたのに。

そう、何度も何度も、何かを命じるために、私はその子を呼んだのだ。

なんでも言うことを聞いた。

いや、聞くようにしたのだ。もし言うことを聞かなければ、遊びに入れてやらない。そのことを思い知らせることで。

身体が小さくて弱くて頭も悪くて動作が鈍いから、誰もいっしょに遊ぼうとはしなかった。私だけが遊んでやっていたのだ。だから私は、あの子の両親にも感謝されていた。あの日だって、お年玉をもらった。

そうだ。それでいっしょに海岸へ凧《たこ》をあげにいったのだ。

あの子の凧は、私があげた。

私の凧よりいい凧だったし、どうせあの子にはまともにあげることなんてできない。

あとで代ってやるから。そう言って、私があげていた。代ってよ、ねえ、代ってよお。あまりにうるさいから突き飛ばすと、あの子は簡単に砂浜に転がって泣いた。それを見て、私は笑った。集まってきた私の友達もいっしょに笑った。

それはおもしろかったが、そんなことをしていたせいで凧が落ちてしまった。波打ちぎわの水の中に。

さっそく凧をとりに行かせた。

あの子のせいでそうなったのだから、あの子がとりに行くのは当たり前だ。

そうだ。

そのときだった。

あれを見つけたのは。

大きな肌色のクラゲみたいなもの。

図鑑でも見たことがない奇妙なもの。

これはもしかしたら大発見かもしれない。

私はそう思った。こんなもの、子供だけではとても捕まえられそうにない。すぐに大人を呼びに行ったほうがいい。でも見張りがいる。

このままにしていたら逃げられてしまうかもしれないし、他の者に横取りされても癪《しゃく》だ。

それで、あの子をひとり残していったのだ。

もし逃げられたり誰かに取られたら、もうおまえとは絶対に遊んでなんかやらないからな。なあ、死んでも守るんだぞ。

そう言い残して、私たちは大人を呼びに行ったのだ。だから、せっかく大人を連れてきたのにそこに何もいなくなっていたことに、私はすごく腹を立てた。

これだからあの馬鹿は。

そう思った。

もう二度と遊んでやるもんか、と。

結局、そうなった。

行方不明のまま、あの子が見つかることはなかった。

もうそんな顔などすっかり忘れてしまったと思っていたのに。

その顔がそこにあった。

そしてそれを見て、自分がまだその顔を憶えていたことがわかったのだ。

あのときの、あのままの顔。

口を半開きにした鈍そうなあの顔だ。

同じだ。

違っているのは、それがとんでもなく大きい、ということ。そして、その半開きの口のなかには、鋭く尖った白い歯がびっしりと並んでいること。

その顔が近づいてきた。

私に向かってまっすぐ。

私とその顔の間にある鉄道の高架が、歪みながら崩れ落ちた。

私と顔との間には、もう何もない。

口がゆっくりと動いた。

逃がさなかったよ。

囁くように言った。

ねえ、ぼく、逃がさなかったよ。

炎に照らされたその顔が、視界を覆いつくしている。

私は走り出していた。

待ってよお、待ってよお。

どこからか聞こえてくる声。

何がどうなっているのか。

なぜこんなことになったのか。

何もわからないまま、夜の町を走り続ける。

明かりの消えた商店街を抜ける。

べきべきばりばりと、何かが割れる音が追いかけてくる。両手で耳を塞いで走り続ける。

アーケードを抜けたところで振り向くと、夜空にあの顔がある。

追いかけてくる。

さっきからずっと、私を追いかけてきている。では、私のことを憶えているのだろうか。

そんなはずはないと思う。

理由はない。ただ、そんなはずはないと思いたいだけなのだ。

突然頭上を、ヘリコプターのローターの音が通り過ぎる。

頭を抱えて地面にうずくまってしまいそうな固くて鋭い音。

突然、夜空に白い光が弾けた。

丸い光が宙に浮かんでいる。

あたりは昼間のようだ。

照明弾らしい。

空には金属の昆虫を思わせるシルエットが幾つも見えた。

戦闘用のヘリコプターだ。

一機ではない。

編隊を組んでいる。

その先に、あの顔がある。

もうその顔は私を見てはいない。わずらわしそうに、周囲を飛びまわるヘリコプターを目で追っている。

ふいに、爆発が起こる。

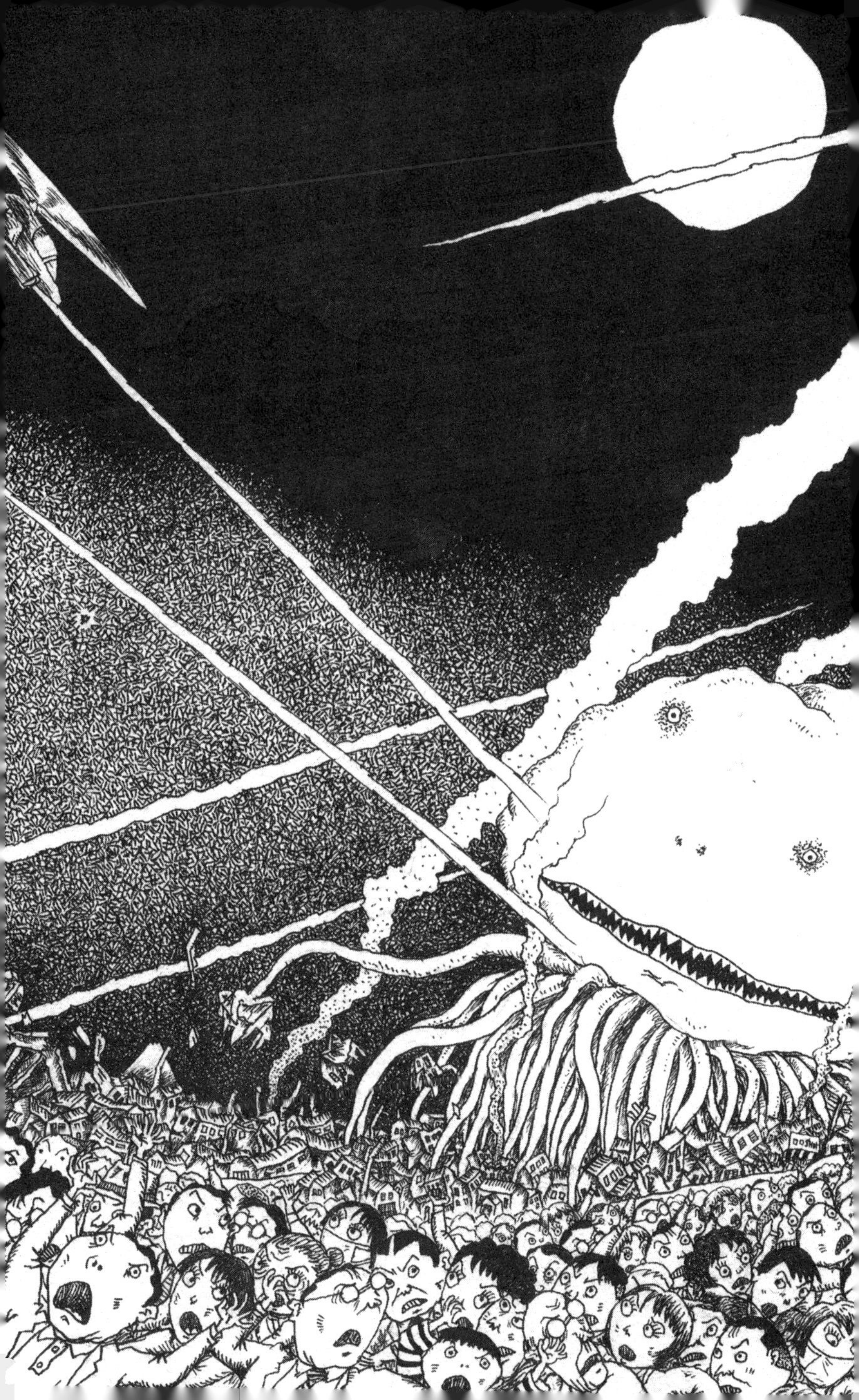

その衝撃でいろんなものが舞い上がり吹き飛ぶ。

何本もの光の尾が怪獣にまっすぐむかって伸び、そして爆発する。

ヘリコプターによる攻撃が行われているらしい。

顔が大きく歪んだ。

それは、何度も見たことのある表情。

泣き出す寸前の顔だ。

それを見て私はいつも笑っていた。

あの顔だ。

だが、それはあの頃のような泣き顔にはならなかった。

今にも泣き出しそうに大きく開いたその口が、まださらに開き続ける。

まるで顔全体が口から裏返っていくように。

それまで内側にあった白い鋭い歯が、剥き出しになり、そのまま外側に出てきた。そして——。

ずどんっ、と世界が震えた。

次の瞬間、ヘリコプターが火を吹いて墜落していった。

そのびっしりと生えていた尖った歯が、弾丸のように発射されたのだった。

そんな歯の一本が、目の前のアスファルトを貫いているのを見たことで、ようやく事態が理解できた。

それは、道路標識のようにまっすぐ道路に突き立っていた。

私は再び走りだした。

ずうん。

重い音がついてきた。

走った。

また、ずうん、とついてくる。

何でもいいから身を隠さなければ、と思った。何か建物があれば、その裏側へ裏側へと回り込もうとした。

そして、そんなふうに裏へ裏へと回り続けたからだろうか、また見覚えのあるところに戻ってきていた。

そこは改札口だ。さっき私が鳴らしたそのままに、自動改札がきんこんきんこんと鳴っている。

どういうことなのだろう。

なぜ戻ってきたのだろうか。

いや、そもそもさっきのあれは？

こうしてまた同じところにもどってきたということは、やはりここはセットの中なのか。セットの中を一周して元のところに戻ってきた。そういうことなのか。

では、さっきのあれも、映画の撮影？

しかしいくらなんでもそんなはずは――。

と、そこへまた、ずうん、というあの響き。

駅の構内が大きく揺れ、天井からばらばらと何かが落ちてくる。このままでは崩れる、とにかく外へ。目の前の階段を駆け下りようとした。

ところが、足が滑った。一瞬、身体が浮いた。と思ったときには、転げ落ちていた。

たぶん。

というのも、憶えているのはそこまでなのである。次に気がついたとき、最初に見えたのは、私を覗き込んでいるミノ氏とトーフー氏の顔だった。

やあ、気がついた気がついた、とミノ氏が言った。

よかったなあ、とその隣でトーフー氏。

いやしかし熱演でしたな。じつになんというか、身体を張った、まさに体当たり演技という言葉がふさわしい熱演でしたよ。

そう言って、ミノ氏が私の手を両手で包み込むように握りしめる。

おかげさまでいい画が取れました。

なんのことやらわからず、ただ唖然《あぜん》としている私に、ああそうそう、これは今日のギャラです、と茶封筒を差し出してきたから、わからないまま受け取った。

喉がからからだった。

なぜそんなに喉がからからなのかわからないが、とにかくからからだ。喉が貼りついたようになって、声がでない。

それをすぐに察したのか、ミノ氏は、私の手に大ぶりの蜜柑をのせてくれた。

皮を剥くのがもどかしい。爪を立ててざくざくと剥いていくと、蜜柑の香りが立ちのぼり、薄皮に包まれた果肉が現れた。

まずさくりとふたつに割って、そこからひとふさとって口に入れた。

噛むと薄皮が破けて、甘くて冷たい汁が口の中いっぱいにあふれる。

それは乾ききって貼りついた喉をうるおしてから、埃だらけの樋《とい》を流れる雨のしずくのように食道を滑り落ちていった。

うまい。

こんなにうまいものはないと思った。まさに値千金、千両蜜柑だ。

こんなうまい蜜柑を食べるためなら、少々の危険もやむを得ない。身体だって張るだろう。なんならギャラもいらないくらい、と一瞬思ったが、しかしそれとこれとは話が別、とあわてて思い直した。

いやあしかし蜜柑というのは親切なものですなあ、とミノ氏が言う。だって、まず外側の皮は何の道具も使わず簡単に剥けるでしょう。その上、果汁が漏れないような耐水性でしかも食べられる薄皮に、甘い果肉は包まれていて、しかもこれが一口サイズの袋に分かれているんですからね。いやもう、もう至れり尽せりじゃないですか。

べつに反論はない。そうですねえ、と私がうなずくと、ミノ氏はさらにこう続けた。

おまけにその汁を使えば、炙り出しまで出来るんですよ。ただ見ただけでは何もないのに、その紙が焼ける寸前に、そこに描かれたものが浮かび上がる。まさに、映画と同じじゃないですか。何がどう映っているのかなんて、映された者にはわからない。フィルムに焼きつけられて切り刻まれ、もういちど繋ぎ直されものを観て、そこではじめて自分のやったことがわかるんですからねえ。

正直、それはちょっと無理やり過ぎないか、とも思ったのだが、ミノ氏がすっかりその気で気持ち良さそうに言い切るものだから、なるほどね、とつぶやいておく。そして同時に、こんなことを考えた。

もしもこの蜜柑の汁によって私の中に何かが描かれたのだとしても、何が描かれたのかわかるのは私が焼かれるとき、ということになるのだろうな、とか、それならそれでもいいが、はたして誰がそれを見てくれるのだろうか、とか。

まあそんなふうなこと。

五　粕汁《かすじる》

いよいよ冬将軍がやって来る。

それを教えてくれたのは妻なのだが、私がそんなことすら知らないということに妻は大いに驚き、なんかもう呆れるのを通り越して感心しちゃった、などと言う。

だって、ほら、今来てる回覧板にもちゃんと書いてあるじゃない。

ああ、回覧板な、と私。

回覧版というものを実際に私が目にしたのは、この町で暮らすようになってからことだ。そんなものが機能していたのはずっと昔で、今となってはそんな当時を舞台にしたフィクションの中にしか存在しないものだ思っていた。

だいたい今どき、そんなものを回して町内で伝えなければならないような情報があるとも思えない。せいぜい、商店街の餅つき大会とか、夜回りのお知らせとか、悪質リフォームに注意とか。それだって、どうしても回覧板でなければならないことはない。

ところがこれが、けっこう頻繁に来る。とくに日が決まっているというわけでもないらしく、来るときは何日も続けて来たりする。

おかげで今では夢に出てきたりするくらいお馴染みのものになったが、その内容はといえば、季節の変わり目なので健康に気をつけましょうとか、迷い猫のお知らせとか、卵酒の作り方とか、じつにもうどうでもいいようなことばかりで、いつからかほとんど読まないままハンコだけついて隣に回すようになっていた。

そんな私とは違って毎回ちゃんと目を通しているらしい妻が、ほらここに、と差し出す回覧板には、なるほど太い文字で『冬将軍襲来！』とあって、鎧兜に身をかためて馬に跨る武将の絵が描かれている。たぶん、というか、きっとそれが冬将軍なのだろう。

まあそれはいいとしても、その下の「怪獣に注意しましょう」というタイトルの記事、これはいったい何なのだ。

＊＊＊＊＊＊＊＊＊＊＊＊

映画の為に作られた怪獣が、スタジオから逃げ出した模様です。大きさは人間の大人くらい。肉食なので、夜はペットなどを外に出したままにしないよう注意してください。縁の下や天井裏で怪しい物音がしたり気配を感じたときは自分で調べようとせず、すぐに交番に知らせましょう。独断での攻撃は、絶対にやめましょう。場合によっては、凶暴化する恐れがあります。

＊＊＊＊＊＊＊＊＊＊＊＊

これだけだ。説明不足にもほどがある。それともこの回覧板の読者である地域住民には、これで意味が通じるのだろうか。

まず「怪獣が逃げ出した模様」とは、いったい何を言っているのか。

この「怪獣」は、本当の怪獣なのだろうか。いやそもそも、本当の怪獣、というのが自分でもよくわからないが。

しかし怪獣の出てくる「映画」というのは、去年の暮あたりから私が関わっているあの映画なのではないか。「映画のために作られた怪獣」なのだから、その可能性は高いだろう。いくらなんでも、怪獣が出てくる映画がこの町で同時に二本も作られている、というのは考えにくい。きっと、『大怪獣記』というタイトルのあの映画のことだろう。そして、「映画のために作られた怪獣」というのだから、当然あの映画の撮影のために作られた怪獣、ということになるのだろうなあ。

私がつぶやくと、そりゃまあそうでしょうね、常識的に考えて、と妻。

ああ、常識的にねえ、と私。それにしても、どういう意味なのかな、これ。

だから、そこに書いてある通りの意味なんじゃないの、と妻。

いや、書いてあるっていっても、たったこれだけじゃなあ。

でもそれだけしか書いてないから。

うん、書いてないな、これだけしか。

じゃ、それだけのことなんじゃないの。とりあえず、お隣に回してきてよ。『特急』のスタンプが押してあるから、すぐに回さなきゃね。

なるほど、たしかに押してある。これは早く回せ、という意味だったのか。それにしても皆、よくこんなわけのわからないお知らせにハンコを押すものだ。

ぶつぶつ言いながらも、隣に回すためには押さないわけにはいかないから、ずらりと並んでいるハンコの末尾に捺印《なついん》する。

じゃ、持って行ってくる。

私は言い、回覧板を片手に立ち上がった。

なにしろ特急だ。一刻も早く隣に回さなければ。それに、お隣は猫を飼っているから注意が必要だろう。まだその猫の姿を目にしたことはないが、いつも夕方になると老夫婦が声を揃えてその猫の名を叫んでいるのだ。

「えらよー、えらちゃんよー、えら、えら、えらちゃーん、えらちゃんよー」

同じ時間になるといつも、ふたりで連呼している。

その声を聞くたびに私は、エラ・キャッツジェラルド、などとひとりつぶやくのだが、いや、とくに意味はない。単なる駄洒落です。

そのエラ・キャッツジェラルドだが、どうやら今、発情期に突入しているらしい。それで帰ってこないのだろう。そういう季節なのだ。

ご飯どきに名前を呼んでも、食欲より繁殖欲のほうが強いらしく、暗くなるまでずっと呼んでいる。

もちろんそれはエラ・キャッツジェラルドに限ったことではなく、びよおびよおと吹きすさぶ寒風《かんぷう》に抗うかのように、ああああごおおお、ごあああおのおおあああろおおおお、と物凄いとしか言いようのない声がいろんな方向から聞こえてくる。真夜中にそんな声を聞くと、けっこう怖い。他の人はどうなのか知らないが、私は子供の頃からあの声が怖いのだ。そして、怖いからこそ、怖いもの見たさで、ついベランダに出てしまったりする。

あの人間の赤ん坊そっくりな声。猫だとわかっていても、もしかして人間では、などといちど考えはじめると、確かめねば不安で仕方がない。

それで、こんなふうにまたベランダに出てしまった。

出てどうなるのか、と自分でも思うが毎度のようにこうして出てきてしまうのは、脳がこのどきどきを何かと勘違いしているのかもしれないなあ。

そんなことを思いながら、真夜中のベランダに立っていた。

寒波が来ているからなのか、昨晩よりさらに冷え込んでいる。

空気は結晶のように固く感じられる。

物干しから、ブロック塀の向こうを覗く。

そこは月極めの駐車場で、そういう時期でなくても猫の集会がよく行われているところだ。

それにしても寒い。

猫は寒くないのだろうか。あるいは、寒いがゆえになおさらぬくもりを求めてそういう行為におよびたくなるのか。

こんな時間だというのに、隣からは「えらよー、えらちゃんよー」という声が聞こえてきた。もしかして夕方からずっと呼び続けているのか。この寒さの中、隣の猫はどこで何をしているのやら。

などと思っている私だって、こんなふうにベランダに出ているのだから猫のことは言えないか。明日は早いのに。

そう、明日は早朝から映画のロケ現場へと出かけることになっている。数日前にミノ氏から電話があったのだ。

急な話なんで申し訳ないんですが、もし予定が空いてましたらぜひお願いします。現場の雰囲気、いや雰囲気というより心意気ですね。それを体感して、ぜひとも文章として定着していただきたい。いただきたい、というか、きっとそうできると思うんですよ。映画の小説化には、そこがいちばん大事なところで、そして、それができるのはあなただけだと思うんですね。

いやいやあ、そこまで期待されるとちょっとつらいんですけど――。いや、もちろん行くのは行きますよ。でも、そこまでやれるかなあ、と前置きして、ロケが行われる場所と日時を確認したのが、今日の夕方のことなのである。

びゅよおお、と物干しが鳴った。

頭の上では、星がぎらぎらと鋭く光っていて、それがまた寒そうだ。

今でもこれだから、明日の朝の冷え込みは相当きついだろう。はいはいはい必ず行きます参ります、などと調子よく言い切ってしまったことをすこし後悔する。ちょっとまだわかりませんが、まあ行けたら行きます、くらいにしておけばよかったかなあ。

今さらそんなことを思ってもどうしようもない。

いやもちろん映画、それも怪獣映画のロケ現場などというのは、仕事を抜きにしても見たいものなのだ。しかしかならずその時間にそこへ行かなければならないとなると、それはそれでけっこうなプレッシャーで、その手のプレッシャーには昔から弱い。無理やり蒲団《ふとん》に入ってもなかなか寝つけず、ようやくすこしだけうとうとしたときにはもう夜明け前、みたいなことはよくあって、ほら、今回もやっぱりそうなった。

もう蒲団を出て仕度《したく》をせねばならない。すでに気が重い。そして私と同じ、いやたぶん私以上に朝と寒さが苦手な妻などは、今になっていきなり、やっぱりやめとく、などと言い出した。ミノ氏からの電話のときには、受話器のすぐ横で、行く行くぅっ、絶対行くよお、やっほうっ、ロケロケ、などとはしゃいでいたくせに、である。

おいおい、今さらなんだよお、いっしょに行くって言ってたじゃないか、と抗議だけはしてみたが、だってあなたは仕事なんでしょ、それによく考えたら、男の仕事場に女が遊び半分で行くのって、やっぱりよくないことだと思うの、などと蒲団にもぐり込んで出てこようとしない。

もおっ、夫婦そろって伺いますって、電話で返事したのに、といちおうぼやいてはみたが妻は聞く耳を持たず、まあしかし、私が同じ立場でもそうするだろうなと思うから、はいはいわかったわかった、それじゃひとりで行くよ、もし面白いことがあって、あとで悔しがっても知らないからな、などとぶつぶつ言いながら仕度をする。

かなり寒そうだ。家の中でもこれなのだ。そこいらにあるものをなんでも重ねて重ねて重ねて着た。そうしてようやく行く態勢ができたときには、もう腹ごしらえをする時間などなくなっていて、仕方がないから冷蔵庫にあった竹輪《ちくわ》を齧《かじ》りながら靴を履《は》く。それがまた寒々しい。

電話では行くって言ってたんだから、遅れてでもいいから、ちゃんと来てくれよな。もしかしたら、弁当とか用意してくれてるかもしれないしさ。

蒲団を頭から被っている妻に、玄関からそう声をかけると、もごもご、と返事が返ってきたが、なんと答えたのかはわからない。

からからと玄関の引き戸を開けて外に出た途端に、びうっ、と木枯らしに横っ面をはられて、亀のように首を縮めた。

なるほど冬将軍だ。もう襲来しているのだろう。しかしよりによってそんなときに、早朝の川原などというかにも寒そうなところへわざわざ行くことになるなんて。

ううう、寒い寒い寒いなあ。

白い息でぼやきながら、まだ暗い路地を赤虫川の方へと徒歩で向かう。

＊

東の空は白んでいるが、地上はまだ暗い。

わずかに赤みがかった水色の空にあるあの金色の明るいのは金星なのか木星なのか。まあどっちかであることは間違いない。せわしなく瞬いているのは、風が強いせいか。そう思うとますます寒さが身にしみる。

土手の上は風当たりがきつそうなので、下の道を歩いていくことにした。

昨日の電話での説明によると、ロケはもうすこし下流の河川敷で行われているはずだ。まあ近くまで来ていただければすぐにそれだとわかります、けっこう派手にやってますから、というミノ氏の話だった。そう聞いて、ますます見たくなったのだった。

うん、そうだよ。やっぱりそういうおもしろそうなものはちゃんと見ておかないとな、仕事とかそういうことではなく。

自分を励ますようにつぶやきながら歩く。早足で歩き続けていると、身体もだいぶ温まって前向きな気分になってきた。

いやほんとすごかったんだぞお、なんで来なかったんだよ、うん、あれを見なかったのは一生の不覚だな、とかそんなことをさんざん言って妻を悔しがらせてやるのだ。うむ、きっとそうしてやろう。

決意も新たに土手に沿って下の道を行くと、水門に出た。その手前で、川からは真横に用水路が伸びていて、どおどおどおとかなりの量の水が白い飛沫《しぶき》をあげて流れている。

用水路に橋などはないから、下の道はここまで。ここから先は、吹きっさらしの土手の上を行くしかない。霜柱《しもばしら》をきしきし鳴らしながら枯れ草の斜面を上っていった。霜柱を踏むなどというのは、子供の頃以来のことではなかろうか。

白い息をさらに白くしながらけっこう急な斜面をなんとか登り切って土手の上の砂利道に立つと、一気に視界が開けた。

空が広い。

明け方の空と同じ色の赤虫川が、その先に広がる湾まで繋がっている。河川敷と葦原《あしはら》には霜が降りていて、いちめん真っ白。そんな白い平面の一箇所に、大勢の人が固まっているのが見える。

人々の中心にあるのは、この前も見た盆踊りの櫓だ。そして櫓の周囲には、映画のメイキング映像などでよく見る大きなライトやら竿の先についたマイクらしきものも見えるではないか。考えるまでもなく、映画撮影の現場である。

思ったより人が多い。スタッフと出演者だろうか。群集シーンのエキストラもいるのかな。けっこうな大人数である。

それを見ただけで訳もなく嬉しくなり、さっきまでのぼやき気分も忘れて、おお、やってるやってる、などと子供のようにはしゃいだ声を出してしまった。大勢でひとつのものを作っている場面というのは、楽しそうに見える。こちらも楽しくなる。

この現場にもっと積極的に加わっていくべきなのか、それとも、これを離れたところから眺める、というのが私にとっての正しい参加のしかたなのか。そのあたりの距離感は自分でもまだよくわかっていない。

いったいどの位置に立てばいいのか、ということが。

ミノ氏にもそのあたりを何度も尋ねたのだが、いやまあそこはそれ、お任せしますよ、だってそういう立ち位置の決定も含めての小説化なんですから、とにかく好きにしてくれてかまいませんよ、というか、好きにしてください、私たちも好きにします、そうじゃないとお任せする意味がないんですから、とまあ、あいかわらずのわかったようなわからないような返事なのだ。

しかし、せっかくそう言ってくれているのだから、そうしようとは思う。つまり、私の好きにさせてもらおう。やっぱりまだよくわからない「小説化」も含めて。

土手の上で、あらためて自分のそんな立ち位置を確認する。

いやそれにしてもあの櫓は大活躍だな。盆踊りだけでなく、これだけいろいろ使えるのなら作った値打ちもあるというものだろう。

櫓の上に立っているのは、ミノ氏だ。昔のアニメのキャラクターのごとくいつも同じ服を着ているから、遠目にもそうだとわかる。茶色い背広に白いシャツ、それに昔の映画で会社員が被っていたような帽子だ。

私に気づいたミノ氏が、黄色いメガホンを大きく振った。それから、メガホンを口にあて、冷えた空気にカチンと切れ目を入れるような鋭い声で叫んだ。

よおおおおいっ、すたおとおっ！

普段のミノ氏からは想像もできないような発声だった。

その声を合図に、その場の全員が、いっせいに私を見た。

いや、私ではない。

私の背後だ。

そこにいるもの。

そう、とんでもなく巨大な何かが、すぐ後ろまで迫ってきているのだ。

全員の視線によって、前を見ている私にもそのことがわかった。

怖くて振り向けない。いや、そんなことより、はやく逃げなければ踏み潰されてしまう。

生物としてはあり得ない大きさと重さを持つ異形《いぎょう》の存在。その圧力を感じる。

もし今振り向いたら、私にもそれが見えるだろう。だが、もし見てしまったら、それだけで足がすくんで、そのまま踏み潰されてしまうに違いない。

それがわかった。

わかってしまったから振り向けない。

振り向かずにひたすら走り続けるしかない。

霜で真っ白になった斜面を、私は全速力で駆け下りる。転んだ。だが止まらない。その勢いのまま、下まで一気に転げ落ちた。

自分がどんな姿勢になっているのかわからないまま、斜面から河川敷へと転がっていく。

そのとき、それが見えたのだ。

空があるはずの空間を覆い尽くす黒々とした巨大なもの。

それが、私の上にまっすぐのしかかってこようとしている。目の前が真っ暗になったのは、押し潰されるより先に、目を閉じたからだ。

そして――。

＊

かっとぉっ！

耳の奥で、そんな声が木霊していた。大袈裟《おおげさ》過ぎるくらいのエコーがかけられているように。

かっとぉっとぉっとぉっとぉっとぉっとぉっとぉっとぉっうわんうわんうわんうわん、みたいな感じ。

映画ならそれと同時に画面がくるくる回っているのではないか。そのまま主人公は失神して、シーンが変わる。

そんなことを思いながら目を開けると、そこにあるのはミノ氏の顔。いつのまに櫓から降りてきたのか、地面に転がった私を覗き込んでいるらしい。

いやあ、なかなかよかったです、というか、予想以上ですよ、すばらしい。

ミノ氏がぱちぱちぱちぱちと拍手すると、まわりからも拍手が起こった。

あれでよかったんですか。

なんだかよくわからないが、それでも誉められて悪い気はしないから、私はすこし嬉しくなってそう尋ねた。

よかったですよかったです。カットの声がかかるまでちゃんと演じ続けてくれたでしょう。そういうことはなかなかできません。プロでも、カットもかかってないのに自分で勝手に芝居をやめちゃったりする奴がいるんですよ。まったく困ったもんだ。いや、もちろん、ここにはそんなけしからん奴はいませんがね。

ミノ氏はまわりを見渡して言う。

なんていうか、自分で勝手にそういう枠を作っちゃうんだ。これでもう必要な分は撮れただろ、とかそんなことを思ってるんですよね。そういうことをやってると、もうすべてが嘘になっちゃいます。どうせ本当じゃないから、なんて思ってるそれが画面に出ちゃうんです。いやいや、精神論なんかじゃなくてね、実際、物理的に出る。そうなると怪獣が映らないんです。その点、今のはすばらしい。もうあそこまで真剣にやってもらえると、それだけでちゃんと本物が立ち上がってくるんだなあ。いやまったく、ここで踏み潰しちゃうのがもったいないくらいですよ。

あ、踏み潰されるんですか。

そりゃあ、さっきの流れからいくとね、どうやったってそうなっちゃうでしょう。そうじゃないと嘘になる。ま、この際ですから、思い切りよく潰されちゃってくださいな、ぐちゃっと。ねっ、いいでしょう？

いいでしょう、と言われても、どう答えたらいいのかわからない。

いやまあ、嫌なんて言うはずないですよねえ。だって、怪獣に踏み潰されるんですから。怪獣好きにとっちゃ、怪獣に踏み潰される、なんてのはもう、たとえば格闘技好きが、憧れの格闘家にじかに関節技を決めてもらうようなもんですからね。痛ければ痛いほどありがたい、ってなもんですよ。痛みの記憶って、けっこう強いですからね。ねえ、いいですよね。

どうやら私に同意を求めているようなのだが、いったい何の同意を求めているのか。

あの――――。

わからないまま気になることを尋ねた。

それって、痛いんですか？

すると、そんな私の顔を覗き込んで言う。

あっ、痛いのは嫌ですか？

まあ、あんまり好きじゃないですね。

ああ、そうなんですかあ。痛いのは嫌。そいつはちょっと意外だな。

意外じゃないだろう、と思ったが、冗談で言っているわけでもないらしい。ここはちゃんと念を押しておかないとまずい気がして、私はきっぱりと言った。

痛いのは絶対に嫌です。

えっ、そうなんですか。あのお、もしかしたら、死ぬのも嫌、だったりしますか？

そりゃそうでしょう。

えっ、そうなんですか？　ほんとに？

はい、ほんとにそうですよ。どっちも嫌です。

うーん、ああ、そうかあ、そうかそうか、そうなるとちょっと困ったなあ、とミノ氏は腕を組み、眉間《みけん》に皺《しわ》を寄せた。

冗談なのだろうとは思うが、しかしいったいどういう冗談なのかがわからないからじつに絡みにくい。

仕方がないからいっしょになって困っているそこへ、はいはい、大丈夫ですよ、本人が踏み潰されなくてもいける方法だっていちおう用意してますからねっ、と見かねたように声をかけてきたのはトーフー氏である。

えっ、そうなの、そうなんだ、あ、こういうこともあろうかと、ってやつか、やるねえ、でもさあ、できたらここはひとつ、などとまだしつこく続けるミノ氏と私の間を割ってトーフー氏が言う。

そりゃ本物がいい、っていうのもわかりますけど、でもね、ほんとに毎回潰されて死んでたら、もしそれがNGだった場合に撮り直しがきかないじゃないですか。

トーフー氏が言うと、うーん、まあそれもそうかなあ、とミノ氏がしぶしぶうなずく。

そうですよお。うん、そうそう、まさにこういうこともあろうかと、ってわけでね、こっちにちゃんとダミーを作っておいたんですから。

ミノ氏にそう意見すると、トーフー氏は私の耳もとでささやいた。

ほら、いちどうちで作りかけの豆腐に呑み込まれたこと、あったじゃないですか。あのとき、ついでに型をとらせてもらったんですよね。事後承諾になっちゃいましたけど、でも、ほんとうに潰されちゃうよりはいいでしょ。

豆腐に？　呑み込まれた？　そんなことあったっけ。

ミノ氏が尋ねた。

ほら、最初のシナリオを受け取りに来たとき。まあ、ぼくはそのとき留守にしてたんだけど、食いつかれてそのまま呑み込まれて。

トーフー氏が言った。

ああ、そうだ、あったあった、あったね、そんなこと。いちど呑まれちゃったのを引っ張り出したんだよ。

うん、あれは危なかったな。

ミノ氏が笑って言う。

そのときですよ、とトーフー氏。そのときに型をとってたんです。

気がきくなあ、とミノ氏。

まあぼくがとったんじゃなくて、丸呑みしたその腹の中に、たまたま型が残ってただけなんですけどね。

なんだかもうずいぶん前のことのような気がするなあ、とミノ氏。そして私に向かって、あのときはびっくりされたでしょう、と。

言われてみればそんなことがあったような気がするのだが、具体的にどんなことがあったのかはよく憶えていない。だいたいあのあたりからずっと、シナリオの中にいるような気がしているのだ。それがどういうシナリオなのか、私には未だにわからないままの。

しかも、型をとった、というのはいったいどういうことなのか。このやりとりとどう繋がるのか。

あいかわらずわからないことだらけだが、なんにしても、ほんとうに潰されてしまうよりはずっといいに決まっている。それだけはわかる。

だからわからないままでも私はトーフー氏に向かってうなずいていた。

どうもすみませんねえ、とひそひそ声でトーフー氏。あのひと、現場に入ると見境いがなくなっちゃうとこあるから。

目でミノ氏を指しながらそう言うのだ。

まあ映画監督なんて、そういうものなんでしょうけどね。

なるほど、メガホンを持つと性格が変わるってやつですか。

私が言うと、トーフー氏は笑った。

よく事情がわかってもいないくせに、すぐそういう適当なことを言ってしまうのがよくないところだ。自分でもそう思うが、それはもう今さら直らない。

あの、ところで今日、奥さんは？

トーフー氏がさらに声を小さくして言う。

さすがに、眠くて寒いから直前になって嫌だと言い出して、とは言いにくいので、ちょっと急用で、とだけ答えた。

すると、そうですかあ、となぜか安堵の表情を浮かべる。

それはよかったです。だってね、もしこんなことを奥さんに知られたら、怒られると思うんです、うん、だって、あの人、ほんとにあなたを潰しかねないですからね、で、もしそんなことになったら、奥さん怒りますよねえ、うん、よかったよかった、あ、くれぐれも奥さんには言いつけないでくださいね。

言いつけるもなにも、何をどう言えばいいのかもわからない。

えっと、それじゃあですね、まだ準備に時間がかかりますから、あのあたりで待っててください。

あのあたり、とトーフー氏の指差す先には、大きなダルマストーブがある。それを取り囲んで掌をかざしているのは、出番を待っている役者たちだろうか。

待たせる側がこんなこと言うのもなんですが、映画なんてほとんどが待ち時間なんですよね。まあ、もうすぐ粕汁もできますから、それを飲んであったまっててください。

なるほど、そのストーブの上には、大きな黒い鉄鍋《てつなべ》らしきものが乗せられている。

それじゃ、そういうことでよろしくお願いします。

トーフー氏は頭を下げ、そのままミノ氏のいる櫓の方へと走っていく。シナリオライターだけではなくて、スタッフとして他にもいろんな仕事をしなければならないようだ。

なかなか大変そうではあるが、それでも好きでやっているのだから楽しいことのほうが多いのだろうな、と思った。少なくとも、トーフー氏もミノ氏もそんなふうに見える。彼らに私はどう見えているのだろう。

それはともかく、声が掛かるまではあのストーブの側でおとなしくしていることにしよう。またさっきみたいに撮影しているところにいきなり放り込まれたりしたら、身体が幾つあっても足りはしない。なにせ、こっちは素人なのだ。

ストーブに近づいていく。こういうときは、なんと挨拶したらいいのだろうか。

そんなことを思ったとき、ストーブを囲んでいた連中がいっせいに私を見た。

一瞬ぎょっとして、何が何やらわからなくなった。

同じ顔なのだ。こっちを見た全員が、同じ顔をしていた。

妙にのっぺりとした白い顔。

白い顔に、唇だけが妙に赤い。

色白ではあるが血色はいいのか。

あるいはそういうメイクなのかな。

特殊メイクというほどでもないのか。しかしメイクをしているということは、彼らは役者なのか。まあここで出番を待っているところからするとそうなのだろうな、と思う。

では彼らが着ているのは衣装か。

全員、同じ紺色の服だ。工事現場などでよく見かけるようなありふれた作業服。

それにしても、よく似ている。顔だけではない。体型も同じだ。そういう役者を集めたのか。それにしても――。

そんな五人が、ストーブを中心に円形に並んでいる。

彼らは私をしばらく見つめた後、また無言でストーブに向き直った。

といっても、私を無視しているわけではない。ストーブを囲む輪の中に、ちゃんと私が入れるだけの隙間を作ってくれている。

せっかくなので入れてもらう。

ストーブの炎の蜜柑色の光が、同じ高さに並ぶ同じ白い顔を照らしている。

空はもうすっかり明るいが、この河川敷にはまだ陽は射していない。

ときおり、耳がちぎれそうなほどの勢いで風が吹いて、ひうううう、と水際の葦原が鳴る。

なんだかそれは、巨大な生き物の発する泣き声のようにも聞こえた。

蜜柑色の光を放ちながら円形の芯が勢いよく燃えているのが、ストーブの胴体に填め込まれた四角いガラス越しに見える。

なんだか懐かしい色の光。

こういう感じはひさしぶりだ。

火を見つめていると、それだけで楽しい。そこから放たれる熱が自分を温めてくれるとなればなおさら。

まったく同じにしか見えない五対の目が、同じように同じものを見つめている。無表情なのに、そこに喜びのようなものが感じられるのは、瞳に映っている炎のせいだろうか。

きっと、私の瞳にも同じものが映っているのだろう。

私を入れると六人。

六対の目が、ひとつの炎を見つめている。

もしかしたら、私も同じ顔をしているのでは。

彼らと同じ顔。

同じ顔が六つ。

そんな漫画があったたな。

でもまあ、そんなはずはない。

それで自分の顔を思い出そうとしたのだが、自分の顔をうまく思い浮かべることができない。まわりの五つの顔がじゃまになっているのか、それとも自分の顔なんてもともと自分では思い浮かべにくいものなのか。

あるいは、ほんとうに同じ顔。

そうかもしれない。

そんな気がしてくる。

もちろん、あんなに白くはないだろうし、あんなにすべすべした肌でもない。

だが、あの顔にいろんな要素を加えていけば、そうなるのではないか。役者がメイクをするように、付け加えていけば――。

塗ったり書いたり皺をつけたり汚したり。

そうすれば、今の私の顔にかなり近いものになるのではないか。あるいは、そんなふうに付け加えられたものを私の顔から引き算すれば――。

同じ顔になるのではないか。

同じシナリオの中でなら、同じ顔として通用する程度には。

まてよ。

こんなことを思ったのは、初めてではない。

そんな気がする。
いったいいつのことだったか。
あれは――。
とぷん。
ふいに、耳の中で音がする。
何かが脈動する音。
水の中で聞く音。
とぷん。
たしか、そう。
あのときも、こんなだった。
こんなふうに温かいものを囲んで、輪になっていた。
とぷん。
寒さに背中を丸めて、温かいものに手をかざしていた。
温かくて黄色い光。
卵の黄身のようなとろりとした感触。
水の中？
いつのことだろう。

型をとられたときだろうか。

そんなことを思ったのは、同じ顔、同じ体型からの連想か。

型を取られたそのときなのか。いや、あるいは、その取られた型から作られたのがこの私なのか。

もしかしたらこの私は、元の私ではなくて、私という型に流し込まれて作られた豆腐のようなものなのかも。

まてよ、と私の中のもうひとりの私。

そうだ。

私の中で私を観察している私がつぶやく。

あのときだけではない。

もっと前にもあった。

これと似たこと。

水の中にいた。

憶えている。

濁った水。

いや。

思い出したのだ。

煙ったように白くぼやけた視界。

濁った水の中から、外を見ていたときのことを。

四角いガラスの窓から、テレビを見るように外の世界を眺めていた。

いや、それは窓などではなく、実際にテレビの画面だったのかもしれないが。

私ひとりではなかった。

まわりに何人も。

そう、私には何人もの弟がいた。

父は心配性だったから、私が死んだときのことを考えていたのだ。

兄もいた。

当然だ。私がそこにいたのは、兄が死んでしまったときのため、なのだから。

もしものとき――。

いつ来るかわからないそんなときのために、出番を待っている。

そうなったとき私は、死んでしまった「これまでの私」を早送りで見て、そして外に出るのだ。

もちろん、いくら早送りでも、すべてを見ていては間に合わない。とりあえずの整合性を保つための都合で大幅にダイジェストされている。だからよくわからないところや強引過ぎると感じられるようなところもたくさんある。しかし、いきなり何もなしでのぶっつけ本番よりはずっといいだろう。贅沢はいえない。

そう、出番があるだけ幸せってもんだ。だって、そもそも「ひかえ」でしかないんだからな。

そうだよ。だから、誰の番になっても、そのときは精一杯やろうな。私は、水の中で自分の出番を待つあいだ、自分以外の私たちとそんなことを言いあった。そんな記憶。

しかし考えてみれば、水中で話ができるはずはないから、これも都合よく編集された「これまでの私」の一部かもしれない、というか、たぶんそうだ。

背中を丸めて濁った水の中から外を眺める赤ん坊。

外の私──「これまでの私」──が、いつか観た映画のラストシーン。

妙に大人びた表情で、自分がこれから参加するであろう世界のありさまを、まだよく見えない目を見開いて眺めている赤ん坊。

あのシーンで流れる曲を口ずさみながら、私は外の世界へと出ていった。そんな記憶すらあるのだが──。

それもまた、自分の中で作ってしまった記憶なのかもしれない。ま、映画つながり、ということで。

それじゃ、そろそろいきましょうか。

声がかかった。

どうすればいいのだろう。

今の今まで、その声がかかるのを待っていたはずなのに、いざ声がかかると、どうしたらいいのかわからない。

行けばいいのか。

出るのは、この私なのか。

それとも──。

迷っていると、すぐ隣で背中を丸めて温もりに手をかざしていたひとりが、すい、と背筋を伸ばして立ち上がる。

私たちの輪を離れて、そのまますたすたと歩いていく。その動きに、迷いは感じられない。やるべきことがきちんとわかっているのだろう。そして、それがわかっているということは、出番なのだろう。

ではこの私ではなかったのか。あわてて出ていかなくてよかったな。

ほっとしながら眺めていると、スタッフに取り囲まれ、衣装をつけられメイクを施され、それじゃまいりますよ、よおおおおいっ、とミノ氏の声が響いたそのときには、そいつはもうすでにさっきのところに立っている。

じゃ、あの続きからね。

ミノ氏が言う。

土手から転げ落ちて、河川敷の草の上。

さっきの私と同じ服だ。

よーいっ、とミノ氏の声。

もしかしたら、衣装だけでなく、顔もさっきの私と同じになっているのだろうか。ここからでは遠くてわからない。わからないのなら、それで問題なし、とも言える。

あくしょおおおおおんっ。

くしゃみのような叫びで停止していた時間が動き出す。

転びそうになりながら、河川敷を走っていた。逃げ続ける。

不細工な走り方だが、さっきの私とそっくりなのだろうなと思った。

もちろん、恐怖で足がすくんで、それでも必死になって逃れようとしているのだから、走り方はそれでいいのだ。

いやしかし、それにしても我ながら——。

ほら、また転んだ。起き上がろうとして、足を滑らせてまたひっくり返り、仰向けになる。それで、これほど必死になって逃げようとしている巨大な存在が、はっきりと自分の視界に入ってしまう。もう動けない。

そして、ぺしゃっ。

赤いものが弾けた。

熟れ過ぎてぶよぶよになった柿が、地面に落ちたみたいだった。さっきまでそこに仰向けに転がっていた私が、いきなりそんなものに変わった。真上から強い力が加わって一瞬で潰れた。

踏み潰された。

巨大な何かに。

かっとおおおおっ。

ミノ氏の声が響き渡った。

はい、おっけー。

NARA
KIHACHI

同時に、スタッフがいっせいに駆け寄った。手に手にバケツやモップも持っている。

そのまま大急ぎで掃除を始めた。

ええっと、くれぐれも、跡とか染みとかを残さないように気をつけてね。野外だからって手を抜かないように。お役所の公園管理課の連中、けっこううるさいからね。

そう言いながら、ミノ氏もすでにメガホンを濡れ雑巾に持ち替えて、草の上に飛び散った赤いぐじゅぐじゅをせっせと拭き取っていく。その隣で、トーフー氏も黙々と同じように手を動かしている。

赤いぐじゅぐじゅは、見る見る片付けられていった。

それにしても、さっきのあの役者はいったいどうなったのか。まるで本当に押し潰されたように見えたのだが。

いやまあもちろん映画なのだから、本当にそう見えなければ困るだろう。本当のように見えたのは当たり前のことではあるが、しかし――。

はいっ、それじゃ、さっきのはいちおうおさえといて、次、角度を変えてもういっちょういってみよう。

地面が綺麗になったところで、ミノ氏が声を上げると、うっしゃあっ、とスタッフ全員が声を合わせる。

スタッフたちの気合に答えるように、ストーブを囲んでいた中のひとりが、すいっ、と立ってさっきの位置へと歩いていった。

そして――。

また同じことが起きた。

同じことが同じ場所で繰り返された。

すくなくとも私にはそんなふうに見えた。さっきとまったく同じにしか見えなかったのだ。

もちろん、角度を変えて、とミノ氏が言っていたのは、同じシーンを別の角度から撮影するということだろうから、まったく同じシーンが繰り返されるのは当たり前なのだろうが。

それからさらに三回、繰り返された。いや、同じシーンではあるが、潰される者は毎回違っているし、潰される者にとっては初めてだから、同じこと、などと簡単には言えないし、繰り返しでもないはずなのだが。

まあそんなわけで、今もこうしてストーブにあたっているのは、この私と、そしてもうひとりだけ。

ふたりきりになってしまった。

ということは、次か、あるいは次の次が間違いなくこの私の出番、だよな。

いつのまにやら、すっかり陽は高くなっている。

よく晴れてはいるが、光は柔らかい。

そんな冬の陽の下、スタッフはあいかわらず忙しげに動いている。

早朝からどうもすみませんね。

声に振り向くと、すぐ後ろにミノ氏が立っていた。

今が何待ちなのかはわからないが、空き時間らしい。うあああううう、とミノ氏は青空に向かって吼えるように伸びをした。

怪獣はいないんですね。

あ、怪獣ね、それはあとでちゃんと合成しますから御心配なく。

なんか、この近くで怪獣が逃げ出した、なんて話を聞いたんですけどね。

試しにそう言ってみると、ミノ氏はこちらが逆に驚くほどぎょっとした顔になり、その顔をそのまま近づけてきた。

あの、いったいどこで、そんな話を――。

いや、回覧版ですよ回覧版、と私。昨日だったかな、回ってきた回覧版に、なんかそういうふうなことが書いてあったもんですから、ちょっと気になって。

誰だあっ、といきなりミノ氏が怒鳴った。すごい声だった。

マスコミに洩らしたやつ、誰だあっ。

回覧板がマスコミなのかどうかはともかく、スタッフがいっせいにこっちを見た。

あ、いや失礼、こっちの話です、つい興奮しちゃいました。

ミノ氏の豹変ぶりに唖然としている私に、ミノ氏は慌てた様子で頭を下げた。

いやしかし困ったな、それは。いちおう秘密ってことにしといたつもりだったんですけどね。いったいどこから漏れちゃったのかなあ。ほんと、困ったもんですよ。いや、いやいやいや、まあそれは本当なんですよ、うん、逃げたっていうか、逃げられちゃったっていうのか、そのこと自体はね、本当なんです。ちょっと不注意で目を離した隙にね。いや、でも、そう、うん、大丈夫、もちろんあれです、大丈夫ですよ。

だって、怪獣ったってね、そんなに大きなやつじゃないし。うん、撮影で大きく見せるだけでね、そもそもミニチュアといっしょに撮影するためのやつですからね、まあキグルミくらいのやつですよ。あ、いや、だからって放っておいたってわけじゃありませんよ、秘密にしてたのは無用な不安と混乱を避けるためでね、もちろん責任を持ってちゃんと捕まえます、そりゃあそうです、だって捕まえなきゃ、このあとのシーンが撮れない、「ひかえの怪獣」なんていないですからね、人間と違って。それにまあ、どっちにしても怪獣は、最終的には倒されるものですから。そこはもう、最初からシナリオで決まってますからね。だからこの映画がそうなってる以上、もう、どっちみちそうなるわけですから、それはどうかご安心ください。

そこでミノ氏は、同意を求めるように私をじっと見つめた。なんだか困っている子犬のような視線である。

いや、べつに抗議とかそういうんじゃないですから。

視線に絶え切れなくなって、私は言った。

そちらでちゃんとわかっていて、それで問題ないんなら、私としては全然オッケーですよ。

なにがいいのやらわからないまま私がそう言うと、ミノ氏は、ほっとしたような顔になる。そしてひとりごとのようにこう続けた。

逃げ出した怪獣ってね、逃げ出したあと、何をすると思いますか？

どう答えたらいいのかわからないので黙っていると、ミノ氏はさらに続けた。

そんなに大きくない、つまり、あんまり強くないやつなんかだとね、町で暴れたり、なんてことはしないんですよ。

へええ、じゃ、何をするんですか？

隠れるんです。周囲にたくさんあるもののなかに紛れるんですね。いわゆる、擬態、ナナフシが木の枝そっくりだったり、葉っぱとそっくりの羽根の蝶《ちょう》がいたりするでしょ。まあそんなのです。でね、とミノ氏は急に声をひそめる。

では、町中に逃げ出した怪獣は自分を何に似せるか？

ミノ氏がささやいた。

人ですよ。自分を人に似せて、人のなかに紛れこむ。入れ代われそうな誰かと入れ代わって、その誰かのふりをして静かに暮らそうとする。いわば、その代役をつとめようとするんですね。でもねえ、なにしろ怪獣の脳味噌なんてお粗末なものでしてね。まあその場その場をなんとかやり過ごすくらいの対処能力しかないわけです。ひとつのシーンのスタートからカットが掛かるまでの間だけはなんとかそれらしくこなしますよ。なんとかそうしようとする。でも、シナリオの全体像なんてわかっちゃいないんだな。そんなものを全部読み込むだけの容量はないし、そこまで要求されたこともありません。なにしろ、怪獣ですから。

この人は、いったい何の話をしているのだろう。この映画の設定の話なのだろうか。それとも別の映画か。

ミノ氏を見ながら、私は思う。

だってねえ、怪獣の役づくりなんて、聞いたことないですからね。怪獣に、内面だとか心情なんてものは必要ない。怪獣に履歴書とかないでしょ。そういう過去なんてものは、むしろ無いほうがいいくらいです。わからないほうがいい。だって、怪獣に期待されてるのは、それが怪獣である、ってことだけですから。お客は、そこんところを求めて観に来るんだから。怪獣が怪獣である、っていうそのことをね。ただ存在してるだけで、この世界を終わらせてしまう。うん、そうそう、そうなんですよ、とミノ氏はひとりうなずいて、さらに続ける。

そうなんです。そういう存在だから悲しいんであってね、つまりそれだけでもう充分に悲しいんですよね。怪獣が怪獣だっていうだけでね。逆に、それ以上やられちゃうと、押し売りみたいになって、観てるほうはかえって白けちゃう。

ミノ氏が一方的にしゃべり続けるのを、私は黙って聞いている。いや、聞きながら、ずっと別のことを考えていた。

だから途中からは、その内容などろくに聞いてはいなかったのだ。ただ、聞いているふりをしていただけ。べつにそんな演技をする必要などないと思うのだが、でも私はちゃんとそうしている。

そうしている私がいる。

現に、あそこに見えている。

あれ？

あ、そういうことか、とそこでようやく私は、さっきからの違和感の正体に気がつく。

ミノ氏の話をそんなふうにして聞いている、あるいは聞いている演技をしている私。

そんな私を、この私が観ているのだ。

あそこにいる、あの私。

あれは、私なのだろうか。

それとも、私ではないのか。

私のように見えるのだが、しかし私がこうしてここから観ているのだから、あの私がこの私であるはずがない。

そういえば、さっきまで私といっしょにストーブにあたっていたはずの最後のひとりがどこにも見当たらず、いつのまにやら私はひとりでストーブに手をかざしている。

ということは、あの私は、彼なのだろうか。

彼が演じている私なのか。

これはつまり、そういうシーンなのか。

いや、まてまて、そうだとは限らない。

この私のほうが、彼なのかもしれないではないか。彼が演じている私。あるいは、私が彼を演じているということも――。

離れたところから私を眺めている私、という役を演じている彼なのかも。

では、今ここでこんなふうに考えているこの私は誰だ？

彼の内部に、役として作られた私か。

役作りとして、彼の中に作られた私という意識が、私として思考している？　つまり役に成り切った状態、というわけか？　役者がその役の人物としてものを考えるように。

どうなのだろうな。

本当にそんなことができるのなら、役者というのはなかなか大したものだ。

しかしもしそうだとしても、そんなややこしいシーン、映画の中に必要なのかな。怪獣映画なのに。

わかりにくいだろう、こんなの。

あるいは、たまたまちょっとおもしろそうなことになったから、いちおう撮るだけは撮っておく、とかそんな感じかもな。撮影中に起きたハプニングだ。撮るだけ撮っておいて、使えそうなら使えばいいし、いらないとわかれば、カットしてしまえばいいのだから。

うん、まあそんなところですかね、と耳のそばでミノ氏が言った。

ということは、私はさっきまでミノ氏の話を聞いていた、ということか。

では、私がさっきまでもうひとりの私だと思っていたのは、ミノ氏が覗き込んでいる四角い小窓のようなモニターの中のこの私ということなのだろうか。

ミノ氏は、手でじゃんけんの鋏の形を作って、本編で使うかどうかは編集してみないことにはなんとも言えませんがね、と指をちょきちょき動かす。

私はそれを黙って見ている。

なんだか濁った水の中から眺めているような妙な距離感がある。

とぷん。

水の中に鋏《はさみ》が入ってくる。

じゃんけんの、ではなく、それは銀色をした手術用の鋏だ。

ミノ氏の左手が、私の臍から伸びている床屋の看板のような赤と青が捻れてできている管をつかみ、右手の鋏が大きく開く。

はい、かっとおおおおおっ。

さくり、と切断した。

私と何かを繋いでいた管を。

いったい私は何と繋がっていたのだろう。

そう思って切れた管を視線でたどってみると、丸いストーブ、その上に乗っている大鍋ではないか。

ああ、そういえば粕汁を飲んでいたんだったな。

ではあの管から飲んでいたのか。まあ水の中だと口から飲むのは難しいからな。

切断面から吹き出したものが、濁った水の中で入道雲みたいにもこもこと膨らんでいくのを見ながら、そんなことを思う。

しかし水の中にストーブがあって、その上に粕汁というのは、いくらなんでも。

そんなことを思いながら、ミノ氏の隣で、いっしょにモニターを眺めている。

小さな四角い画面の中の私を。

これまでに撮影した分を、そうやって流していたらしい。現場での確認作業か。

それなら私を私が見ているということの状況も不思議ではない。これまで撮られた自分を見ているだけだ。何をそんなに不思議がっていたのか、ということのほうが不思議である。

そこに映っているのは――。

濁った水の中から這い出てくる私。

無様《ぶざま》な姿でこの世界に引き出された私。

それにしても、いつのまにこんなものを撮っていたのだろう。これでは隠し撮りではないか。まあ本人にはそうと知らせずに隠し撮りをしてしまうほうが、いいものが撮れるのかもな。なにせ私は素人だから。

それにしても、そんなシーンが必要なのか。

首を傾げる私には構わず、はいっ、確認終了、ただちに撤収しまぁあす、撤収、撤収、急いで丁寧にねっ、というトーフー氏の声が青空の下に響きわたった。現場の仕切りもやっているらしい。

ふわふわととりとめもなく考え続ける私とはまるで別の時間が流れているかのように、スタッフたちはてきぱきと動いている。

河川敷に広げられていたビニールシートやらテント、それに反射板や風よけらしき衝立、様々なライト、他にも何だかわからないものいろいろ。それらが手際よく片付けられていく。

あれよあれよと見ている間に、もう目の前の草っ原には、あの盆踊りの櫓が立っているだけだ。櫓は車輪のついた自走式で、車輪の上の板には、カメラやらマイクやらレフ板、他にもいろんな機材が山積みで載せられ、そこに跨るようにしてミノ氏、トーフー氏や他のスタッフも櫓の周囲に鈴なりにぶら下がっている。

では、てっしゅうううううっ。

トーフー氏が叫ぶと、櫓がきるきるるると車輪を軋ませて河川敷を動き出す。誰がどうやって運転しているのかはよくわからない。

あっけにとられているうちに、ゆさゆさと大きく左右に揺れながら枯れ草の斜面を登り、そのまま土手の上の砂利道を商店街の方へと走っていく。車輪が砂利を噛む音は加速しながら遠ざかり、すぐに聞こえなくなった。

気がつくと、広い河川敷には私だけだ。

なんだか夢でも見ていたような気がしたが、目の前にはなぜかストーブが残っている。あんなにきちんと片付けたのに。

ストーブとその上の黒い鉄鍋。

荷物が多くて載らなかったのだろうか。あとでこれだけ取りに来るつもりか。

それとも忘れていったのか。

なんだか自分も忘れていかれたような気がした。

河川敷も葦原も、いかにも冬の午後らしい赤みを帯びた柔らかい光に包まれている。

なぜ私はこんなところにいるのだろう、とあらためて思った。

狐にでも化かされたような気分だが、まあ映画というものは、そもそもそういうものなのかも。

と、聞き覚えのある音が近づいてきた。

かたとんかたとん、と近づいてくるのは、古ぼけたうちの自転車の音に違いない。

土手の上を見ると、やっぱりそうだ。

妻が自転車に乗っている。

土手の上をこっちに向かって走ってくる。

私が手を振ると、妻はペダルを踏みながら両手を離して頭の上でぱたぱたと振りかえした。彼女は最近になって自転車の両手離し乗りができるようになったのだ。なぜそんなことを今頃になってやろうと思ってやり始めたのか知らないが、とにかくやたらとやりたがる。それはいいのだが、なんと両手を離したまま、かたかったたんたん、と土手の斜面を下ってくるではないか。

おい、あぶないあぶない、ちゃんとハンドルっ。

私が叫んでもお構いなしだ。そのまま見事に斜面をクリアして、私の目の前でようやくハンドルを握り、きゅいっ、とブレーキを鳴らして停車する。

あれえっ、やってないの？

妻があたりを見まわして言った。

ついさっき終わっちゃったみたいだよ。

私が答えた。

みたいって、なによ、それ。

なんか、急に片付けて行っちゃったんだ。

へんなの、と妻は首を傾げる。それからストーブを見つけると、その上の鍋を指差した。

これは？

粕汁だよ。

へええ、と妻はいきなり鉄鍋の蓋をとった。

ストーブにはさっきまで火が入っていたし、鍋の蓋も鉄だから、その蓋もかなり熱くなっていそうなのに、妻は平気で持っている。

おいおい、熱くないのかよ。

それには答えず、妻は鍋を覗き込み、なあんだ、もう空っぽじゃない、と心底がっかりした声でつぶやいた。

おいしかった？

さあ、と私はつぶやいた。

さあ、って。

妻は呆れたように言う。

食べたんでしょ。

食べるには食べたんだけど、臍からだから。

臍から？　あっ、またそんなことさせられたのかあ。もうっ、あんまり変なことやらされるようなら、きっぱり断らなきゃダメだよ。あいつら、映画のため映画のため、って、すぐに無茶なこと押し付けてくるんだから。トーフーとか、昔っからそうなんだ。

妻の目が一瞬つりあがった。ほんとうに怒ったときはそういう目になるのだ。

まあ大丈夫だよ、とあわてて言った。

無理だと思ったら、ちゃんと断るから。

ほんと、あいつら、すぐに調子にのるからね、と妻。

もしかしたら、彼らが慌てて撤収したのは、妻が土手の上をやってくるのが見えたからではないか。そんな気もした。そして、これも気のせいかもしれないのだが、トーフー氏もミノ氏も、妻の前では妙におどおどしているように見えるのだ。

もうすっかり夕暮れになっていた。ストーブと鍋はそのうち彼らが取りに来るだろう。むしろ、こうして妻とここにいたら、来ないかもしれない。

帰るか。

夕陽を見ながらつぶやいた。

妻が漕ぐ自転車の荷台に乗って、土手の上を走った。風が強くなりはじめている。

両手離しなんかするなよ。

何度もそう念を押さねばならなかった。二人乗りのままで両手離しをやってみたくて仕方がない、とその背中が言っていたからだ。

あ、そうそう、じつはねえ、とペダルを踏みながら妻が言う。

うちも今夜は粕汁なのよ。

ああ、そうなんだ、と私。

重なっちゃったねえ、と妻。

ま、臍からだからなあ。味なんてわからなかったよ。だから、重なったことにはならないんじゃないかな。

私は言った。

だってうちでは、臍から食うわけじゃないだろ。

そりゃ、臍からじゃないよ。

笑いながら妻が答えた。

よく晴れた夕空で、これなら明日の朝はさらに冷え込むに違いない。

六　すっぽん

　また、あの廃工場の前にいた。

　最近、私はよくここに来る。と言っても、夢の中での話。つまり、ここに来ている夢をよく見るのだ。そしてそんな夢を見るたびに、夜こんなところに来ることなどまずあり得ないから、きっとこれは夢なのだろうな、と夢の中で気づくことになる。

　そう。

　それは夢の中でも、いつも夜だ。

　蜜柑のような月が水路に映って揺れていて、歩くと水面の月がゆらゆらとあとをついてくる。

　ああ、あれに似ているなあ、と思う。

　子供の頃にいちどだけ見たヒトダマだ。

　もちろん、それが本物のヒトダマなのか。いや、そもそもヒトダマなどというものに本物があるのかどうかはわからないが、しかし、それは怪談映画などによく出てくるようなヒトダマにそっくりのものなのだ。

　怪獣映画ではなく怪談映画。子供の頃は、夏になるとそういうのがよくあった。

　それにしても、ヒトダマというのは、はたして、生きているのか、死んでいるのか。

　死ぬと、その身体から出てくるものらしいから、ヒトダマが収まっていた肉体はもちろんもう死んでいるのだろうが、ヒトダマが出てしまったその状態が死であるのなら、ヒトダマというそれ自体は生そのものであって、つまり生きている、ということになるのだろうか。それとも、生と死、どちらでもない、あるいは、どちらでもある、という状態を指しているのか。

たとえば、観測の方法によって光というものが粒子であったり波でもあったりするのと同じように――。いやそれならむしろ、あの猫の思考実験に喩えたほうがいいのか。ティリンガストの猫、だったっけ。違う、シュレディンガーか。誰だよ、ティリンガストって。

そうそう、猫といえば化け猫映画。もちろん、怪獣映画ではなく怪談映画。

そんなふうに映画のほうに連想がいくのも、この廃工場が映画の撮影に使用されていることを知っているからか、とそれが夢だとわかっている夢の中でのふわふわした考察は続く。

ヒトダマもまた、あの思考実験の猫のように、ある確率で生きていたり死んでいたり、いや、それどころか、存在したり存在していなかったり、そんな状態が重ね合わさったものなのだろうか。

まあヒトダマは、その性質からいっても、消えたり現れたり壁をなんの抵抗もなく通り抜けたり、観るものによって見えたり見えなかったり、といった量子力学な性質を内包しているものであることは間違いない。ヒトダマ、などというものが存在するのかどうかすら不確かであるという点も含めて。

そんなとりとめのない考えと同じくらいふわふわと頼りなく歩きながら、水に映る月を見たり空にある月を見たりしているうちに工場の門の前に出る、というのもいつも通りの展開。

コンクリートの短い橋の向こうにある門は、板で×の形に塞がれていて、『立ち入り禁止』のプレートがときおり風にひるがえり、ぱたとんぱたとん、と薄っぺらな音をたてている。

門を乗り越えて入れなくはないだろうが、しかし道路の水銀灯の光はここまでとどいている。誰に見られているかわからず、どんな誤解を受けるかわからない。だからここはとりあえず塀に沿って歩いていく。

工場の裏手へと回り込むと、そこには塀のすぐ下におあつらえむきの柳の木がある。

もちろん、ヒトダマや幽霊におあつらえむき、ということではなくて、塀を乗り越えるのにおあつらえむきなのだ。

さっそく幹にある瘤のような部分に片足をかけて攀じ登ろうとしたところで、塀に穴があるのを見つける。ちょうど柳の木の影になっていた、というか、たぶんそうなるようにそこにあけたのだろう。そうだとしか思えないようなちょうどいい位置にその穴はある。

大人がすこし無理すればくぐれる。そういう大きさの穴だ。

灰色の塀に、ぽかんとあいている。

さっそく頭を入れてみた。

慎重というよりも臆病な普段の私ならそんなことはまずしないのだが、なにしろどうせこれは夢だとわかっている。

塀のむこうは、アスファルトの広場のようになっている。

そこには、様々な軌道を描いて線路が何本も通っていた。路面電車の線路のように、路面に埋めこまれている。

直線や曲線や円を描いているそんな線路が輝いているのは、月の光を反射しているからだろう。しかし、それにしてもやたらと綺麗だ。なぜこんなに綺麗なのか。

そう思って見上げた夜空は、青みがかって見えるほど澄んでいて、月が白く冴えわたっている。

この光のせいなのか。

照明ひとつでこんなに違うものなのだなあ、とこれもやはりここが映画の現場であることを知っていることから出た感想か、などと思いながらつぶやく。

それにしても、さっきまでのぼんやりした蜜柑色の月とは同じ月と思えないほどの強い光で、それもなんだか作り物っぽい。

それとも、さっきのあれは月ではなくて、ほんとうにヒトダマだったのかなあ。

そんなことを思いながら、線路が埋め込まれたアスファルトの上を歩いていく。

錆びついていない銀色の線路。ということは、今も使用されているのだろうか。

蒲鉾型の建物の正面には、トレーラーや作業機械が出入りするための大きなシャッターがあって、もちろんそれは閉じている。その横に、人間用のちいさなドアがある。ああ、あそこから入ればいいのか。

前にも思ったことを同じように思いながら近づいていったそのとき、いきなりそのドアが開いた。反射的に、すぐそばに停められている巨大な蟹を思わせる作業機械の陰に隠れた。

出てきた男の顔が、月の光ではっきりと見えた。なんだか精気を吸い取られたようなふぬけた顔だ。表情だけでなく男の身体そのものに重量感がない。

もしかして幽霊なのか、とまで思ったが、しかしアスファルトの上にはくっきりと影が落ちている。もっとも、影があるからといって、それが幽霊ではない証拠にはならないだろう、とも思う。

明るい月の下、男は線路を渡って、私がさっき入ってきた壁の穴から出ていった。

この工場は、もう長いこと使われていないはずだが、いったいこんなところで何をしていたのだろう。

そう思って見ると、男が今出てきたばかりのドアが開いたままになっている。

そっと近づいて、中を覗いてみる。

天井燈も作業燈も灯ってはいない。

それでもぼんやりと様子が見えるのは、天窓から月の光が射し込んでいるからだ。

しばらくそのまま観察を続けたが、動くものは見当たらない。もちろん、人の気配もない。

そろそろと足を踏み入れてみると、建物のなかには生ぬるい空気が溜まっている。外気とこれだけ温度差があるということは、どこかに熱源があるのだろうか。

蒲鉾型の屋根のてっぺんに一列に並ぶ天窓。そこから射している月光で、工場のなかが部分的に浮かびあがっている。

中央にあるメインの組み立てライン。

その左右に設置された工作機械のアームやマニピュレータ。その影が、複雑な切り絵のように続いている。

そして、その先にある円形の広場のようなスペース。

そんな円の中心には、天井近くまでそびえるオブジェのような黒々とした塊がある。

盆踊りの櫓を連想したのは、その円形の広場のせいもあるだろうし、頭上の月が、盆踊りのときによく聞いた炭坑節を連想させたのかもしれない。周囲に提灯のような丸いものがたくさんついていたということもあるだろう。

それに、この生ぬるい闇。

様々な感覚が、あの盆踊りの夜に繋がっていた。

死んだ人が帰ってくる。

子供の頃、祖母がそう教えてくれた。

川を渡って今は向こう岸にいる人たちがそのときだけ、また川を渡ってこちらの岸へと戻って来る。ちゃんと迷わずに帰ってこれるように、提灯を吊るして、そのまわりで賑やかに踊る。そう教えてくれた。

それを目印にして帰ってくる者たちは、もう死んでしまっている。だから、こんなに明るくて賑やかなのに、なんとなく悲しいもののように見えるのか。

子供の頃の私はよくそんなことを考えた。

そしてそのせいか、明るくて賑やかなものをみるたびに、もしかしたら自分はもうとっくに死んでしまっているのではないか、などと疑うようになってしまった。

大人になった今も、それは同じ。

月は雲の陰に入ってしまったようで、光は弱々しい。もうすこし近くでよく見ようとして、私は近づいていく。

ほぼ真下に来たところで、タイミングを計っていたかのように雲から月が顔を出す。

天窓からの光に浮かび上がったその形は、やはり記憶の中にある盆踊りの櫓だ。

その側面にずらりと吊るされている提灯のようなものが提灯ではない、という点をのぞけば。

それらはすべて、人の顔なのだった。

上から下まで、その表面を埋めつくして顔が並んでいる。いろんな年齢の顔が貼りついていた。

上のほうは瘤《こぶ》のように大きく飛び出していて、それで大きさといい形といい、まるで提灯に見えたのだ。

すべての顔に表情があった。

生きている。

生きて動いている顔。

それらを集めて飾り付けた櫓なのだ。

そして、その櫓そのものがひとつの大きな生き物のようでもある。肉色のその表面は濡れていて、息をするように、ゆっくりと膨らんだりへこんだりしている。

その中央部が息づくように光を放っていることに気がつく。

いや、今までその光は見えなかったのだ。

それが今になって、何かの作用で見えるようになった。

その菫《すみれ》色の光が。

そのことがわかった。

今まで見えなかったものが見えたように、私はそのことを理解していた。そして、もうひとつわかったのは――。

とにかくここから逃げなければ、ということ。

理由はわからない。私の中の本能がそう言っている。自分の中にもそんなものがあるのだ、と今ならわかる。だからそうした。そうせずにはいられなかった。

それで駆け出したのに、いきなり何かに足をすくわれて床に倒されていた。

倒れるときについた右手の下は、ぐんにゃりと柔らかくて生温かい。床が蕩《とろ》けている。そう思った。

ずぶりと腕がめり込んだ。

引き抜こうとして身体を起こすと、そのまま腰まで沈んだ。

温かい泥だ。

泥の中に足がずぶずぶと抵抗なく沈んでいく。立ち上がっているはずなのに、もう泥は胸の位置だ。そのまま身体が流されていった。

ゆっくりと、だが確実に流される。

あの櫓の方へ運ばれていく。

そのことがはっきりとわかった。

月の下にそびえる人面で作られたオブジェ。

まるで私を出迎えるように、今やそれは真正面にあった。

息づくようにその内部から発せられている菫色の光。

ずらりと並んだ顔たちが、いっせいにわやわやとしゃべりだす。流されてきた私を見て、なにやら言い合っている。

その中でもひときわ声高《こわだか》に嬉しそうにしゃべっているその顔が、さっきここから出ていった男と同じ顔で、しかもそれは私自身の顔なのだと気がついて驚き、しかしそのこと自体よりも、そんなことに今まで気づかなかった自分の呑気さというか迂闊《うかつ》さというか間抜けさにもっと驚いた、という場面で目を開けるのもいつものことで、それにしてもまだ早朝のはずなのに、家の前の路地がわやわやと妙に騒がしい。

普段なら、こんな時間に人通りなどまずない。なのになぜか今日は、ひっきりなしに人が行き来しているる様子だ。いったい何事だろうと表に出てみると、こんな会話がいきなり耳の飛び込んでくる。

でっかい変な亀らしいな。

亀？　亀って、あの亀？

そうそう、亀だってさ。

なんで亀が商店街でそんなことを。

さあねえ、亀の考えることは。

手当たり次第に壊してるんだってさ。

亀が？

そう、亀が。

亀がねえ。

そんなことを口々に言いあいながら、人々はぞろぞろとうちの前を通過していく。

いや、人だけではない。自転車やら手押し車やら犬に猫、ワラビーまでもが入り乱れての想像を絶する大混乱なのだ。

それにしてもいったいなぜこんなところにワラビーがいるのだろう。この台地を越えたところにある動物園から逃げてきたのか。それとも誰かが飼っているものなのか。まさか野生とか野良ワラビーということはあるまい。

そんなことを考えている間もワラビーは落ち着きなくきょときょとと目を泳がせ、やがて何かを決心したように人と人との隙間を縫って走り去る。

ねえねえ、何事なの、と眠そうな目をこすりながら妻が起きてくる。

わからん。

そんな私と妻の前を、あいかわらずいろんな年齢いろんな職業の人々が次から次へと通過していく。

それにしても、こんなに色んな人たちが住んでいたのだなあ、と今更ながら感心する。年寄りばかりだと思っていたのに——。

まあしかしそれはそれとして、そんな皆があいかわらず口々に、亀が亀が、と言っている。

いったい亀がどうしたの？

寝起きの機嫌の悪そうな口調で、妻が言った。

さあ、と私。なんかよくわからんが、商店街のほうで何かあったみたいだ。

まだまだ人の流れは途切れない。それどころか、増えてきている。このまま増えていったらどうなるのか。

そんなことが心配になるほどだ。

亀って、あの亀よね。

ま、メタファーとしての亀、とかじゃないだろう。

でっかい亀が暴れてるって。

うん、聞き間違いじゃなければ。

おかしな話よね。

妻がつくづく言った。

あ、おかしな話で思い出したけど。

私は言った。

さっき、ワラビーを見たよ。

ワラビー？

そうそう、ワラビー。ちっちゃいカンガルーみたいなやつだよ。

ああ、そのワラビーね。

そうそう、そのワラビー。それがさ、ついさっきこの路地を走っていったよ。いや、走っていった、っていうか、跳ねていった、っていうべきか。

それはどっちでもいいけど。あ、でも、どっちへ？

あっち、と私は商店街と反対の方向を指差した。

ということは、あのワラビーは商店街で暴れているっていうでっかい亀から逃げてきたのかな。

カンガルーが、亀から？　カンガルーと亀ってそういう力関係なの？

カンガルーじゃなくてワラビーだよ。

そう訂正する私にかまわず、妻は続ける。

兎と亀なら、まだ説得力あるけど。

いや、兎でも説得力はないだろう、と思ったがそんなことにいちいちつっこんでいてはきりがない。

まあワラビーを飼ってる人がいっしょに逃げてるだけなのかも。

でもカンガルーなんて飼ってもいいものなの？

カンガルーじゃなくてワラビーだよ、と訂正したいのをなんとか抑え、もしかしたら動物園から逃げてきたのかもな。

ともかく、商店街に行ってみましょうか。

今更のように妻が言う。

なにがともかくかはわからないが、寝間着の上にそこいらに脱ぎ散らかしてあるものを適当に着込んで再び玄関から顔を出してみると、さっきまでの人の流れはもうない。

あれえ、もう誰もいないよ。

玄関から家のなかに声をかけると、ええっ、それじゃ急いで行かなきゃ、と妻があたふたとサンダルをつっかけて飛び出してきた。

はやくはやく。

妻はなぜか小走りである。

うちの前の路地から商店街へは緩やかな下り坂で、道が広くなったところからアーケードの青い屋根が見える。

妻が、あ、と小さく叫んで立ちどまり、前方を指差した。

朝の空に、真っ黒な煙の柱が見える。

もこもこもこと生き物ように大きくなっていく。

商店街のあたりか。

*

弁天池の手前で道路は通行止になっていた。

黄色に黒縞《くろしま》のロープが張られ、大勢の警官が立っていて、その前には野次馬らしき人々が群れている。

はいはい、ここから先はダメですよお、危険です、危ないですからこの先には行かないでください、入れませんよ、通れませんから、用があるかたは、迂回してくださあああいっ。

緑色に濁った池とその中央にかかる赤い橋、そして橋を渡ったところにある商店街のアーケードが、人々の頭越しに見える。

黒い煙は、アーケードの屋根のあたりからあがっているようだ。

いったい何があったんですか？

近くにいる人に尋ねようとしたそのとき、べりばりりんっ、と破壊音が空気を震わせる。同時に、空にきらきらした破片が舞い飛ぶのが見えた。

どうやらそれは、粉々に砕けたアーケードの屋根らしい。

そして、さっきまであった屋根が吹き飛んでなくなり、そこにあいた穴から、奇妙なものが突き出ているのが見えた。

その正体を見極めようといっせいに動いた野次馬に、びりびりるるるりりいっ、と警官が笛を吹き鳴らした。

だから、危ないんだってばっ、さがってさがって、危険だって言ってるでしょっ、危ない危ないっ。

それにしても予想以上にでかいな。

私は妻につぶやいた。

たしかにね、と妻。そして不満げにぼそりと付け加える。

でもあれって、亀なのかしら。

どうだろう、と考え込むまでもなく、亀でないことは明らかである。それはまあ世の中にはいろんな亀がいるが、しかしあれを見て亀かもしれない、などと思う者はいないだろう。

うん、どう見ても亀じゃないよな。

私は言った。

じゃ、なんででっかい亀、なんて言ってたのかしらねえ。

さっそく推理して、そしてすぐに真相らしきものに思い当たった。

つまりこういうことじゃないか。でっかい亀、じゃなくて、でっかいメカって言ってたんじゃないかな。「でっかいメカ」っていう言葉が野次馬から野次馬に伝わっていくうちに、どっかでひっくり返って「でっかいカメ」になっちゃった、とか。

それに、暴れているものとしても、でっかいメカよりでっかい亀のほうが人はイメージしやすいだろう。メカ、なんて言われても漠然としすぎていて、いったいそれがどんなメカなのかさっぱりわからない。その点、でっかい亀であれば、子供から年寄りまで老若男女を問わず、みんな知っている。

私は立て板に水で自らの見事な推理を披露したつもりだったのだが、妻はと言えば感心して惚れ直すどころか、はあん、のひと言。がっくりもいいところだ。そしてそんな私に、妻はさらに駄目押しする。

だってさ、あれ、メカっていうよりストーブでしょ。

たしかにそう言われてみればそんなふうに見えなくもない、というか、いったんそう決めつけられてしまうと、もはやそうとしか見えない。

いちどそんなふうに見てしまった目には、それはどうみても巨大なダルマストーブなのだ。

でもまあ、スチームパンクっていうか、蒸気のメカもありだし、流行りが一周か二周して、デザイン的にはかえって新しいってことになってたりするかも。

誰に言うともなく、私はそんなことをつぶやいていた。

それにダルマストーブみたいではあるが、よくあるダルマストーブと違うのは、中央の部分からは銀色のフレキシブルパイプみたいな腕が二本、左右に突き出ているところ。さらにその腕の先には、ボクシンググローブのような赤くて真ん丸なものまでついている。そして、どうやらさっきアーケードを破壊したのは、その腕が放ったアッパーカットの一撃らしいのだ。

みなさあああん、きけんですきけんです、さがってさがってえええっ。

若い警官が叫ぶ。

さっき空高く舞い上がったプラスチック片が、今になってぺらぺらぺらと頭の上に降ってきた。

はいはい、さがって、さがってえっ。

皆、ずりずりずりと後ずさりする。

しかしあらためて見ると、そのダルマストーブ型のメカ、最初のアッパーカットのあとは、ほとんど動いていないのではないか。

ときおり申し訳程度に腕を動かしはするのだが、なんだかぎくしゃくしているし、いちどなどは、すぐそこにあるテレビのアンテナをへし折ろうとして、はっきりと空振りした。そのあと何度かやろうとして、だが、うまく掴むことすらできず、また動かなくなった。

そのうち、その背中——といっても、どちらが前なのかはよくわからないのだが、とにかくダルマストーブのふくらんだ円柱部分のこちらからは見えない側――から、灰色の煙が派手に噴き出しはじめた。

商店街に近づいたときに見えたあの煙は、どうやらこれだったらしい。街が燃えているのではなく、でっかい亀、いや、でっかいメカ自体が煙を出している。さっきまでおさまっていたのが、また噴き出してきたようなのだ。

はて、いったいこれからどうなるのかと展開を見守っていると、池をへだてた国道をオリーブ色の幌付きトラックが何台もやってくるのが見えた。次々に停車し、その後部からは、迷彩服にヘルメットの男女がわやわやわやと虫のように出てきて、わやわやわやと道端に整列した。

そのまま池越しに、「ごくろうさまですっ」とロープの前に並んで通行止めをしている警官たちに向かって敬礼する。

それから、ざっざっざっ、と駆け足で池の縁を回り込むようにやってきて、また整列して敬礼した。

先頭の男が、「ここから先は我々の仕事ですっ」と叫ぶ。

「ええっと、あんたたちは？」

何人かいた警官の中から、いちばん年嵩らしき警官が代表するように一歩前に出て尋ねた。商店街の中にある交番でたまに見かける顔だ。

「ですから、この先は我々におまかせをっ」

さっきの男が叫んだ。

「いやいやいや、いきなりそんなこと言われたってね」

困った子供を見るような顔つきで、老警官は言った。

「私らは私らで、ここでこうやってるように上から言われてるんでね」

「あっ、ではまだ話が通っていないのですか。それはまずいなあ。いちおう緊急事態なんで、現場判断ってことで、ここはこっちに仕切らせてもらえませんかね。我々が責任を持って処理しますので」

「いやあ、そんなことを突然言われてもねえ」と老警官も態度を変えない。

「そりゃあそうかもしれませんが、でもほら」と男は国道のほうに再び目をやる。

ごがらがらきりるきりる、ごがらがらきりるきりる、という轟音とともにやってきたのは、なんと戦車である。

「我々としても、ああいうものまで繰り出してきちゃってるわけですからね、えっ、まだ話が通っていない、はいそうですか、わかりました、で帰るわけにもいかんのですよ。もう弾もこめちゃってるんだ、あんたの腰のそんなちっちゃな鉄砲じゃないやつにね」

その言葉にあわせるように戦車は、うおん、と砲塔《ほうとう》を破壊されたアーケードに向けた。

「いやいやいや、だって、そんなのはあんたらの勝手な都合でしょうが」と、老警官は不愉快をあらわにして、もうまったくゆずる気配はない。ちっちゃな鉄砲云々《うんぬん》が、よほど気に障ったのだろう。

しばらく睨みあいが続いた。

おいおい、いったいいつまで揉めてるんだよお、と声をあげたのは、中華料理屋の岡持ちを持った青年である。

□□SHOP

「あのさあ、もうなんでもいいから、ここ通らせてくれよお。もうとっくに配達は出たってお得意に電話しちゃってるんだよ」

「やめとけやめとけ、こんなとこで待ってたって無駄だよ。おれ、大回りだけどあっちから行くわ」

ピザ宅配のバイクに乗った男が出前の青年にひと声かけ、そのまま反対側に走り去った。

「だって、こっちは回り道もなにも、あの商店街の中なんだよっ」

青年が悔しそうに叫ぶ。

それなら、出前など待たずにもう避難しているのではないかと思うのだが、よけいなことを言ってやつ当たりされてもつまらないので黙っていた。

なんでもいいから、早くなんとかしろよ。おまえらが揉めてる場合じゃないだろ。ったくもう、これだから役人はダメなんだよ。自己責任で通らせろよ。

人垣の中から、いろんな声があがりだした。

老警官が、さらに声をはりあげて叫んだ。

「ところで、あなたがたはいったい何ですかっ」

「今更何を言っとるんですか。見ればわかるでしょう、見れば」

男が叫び返した。

「我々は自衛隊だっ」

えっ、という声があちこちから聞こえた。

へええ、そんなのまだいたんだ。

誰かが言った。

「ちょっとお、誰ですかあ、そんな不謹慎なことを言ってくれちゃってるのはっ。いますっ、ちゃあんといますよおっ」

男が人垣に向かって怒鳴った。

だって、あれってもうとっくに解散したんじゃなかったっけ。

うん、そうそう、そうだよ。

解散した、っていうか、させられたっていうか。

「うるさいうるさいうるさいいいいっ」

男が腕を振りまわしてわめいた。

「いやいやいや、いちばんうるさいのは、あんた」と老警官が、嫌味なほど穏やかな口調で言った。

「まあわざわざこんなことを言うのもなんだけど、やっぱりここにおられる皆さんのおっしゃってることのほうがもっともだよ。だって自衛隊なんて、もうとっくの昔に――」

「そんなことは、ないっ」

男は腹の底から声を出した。

さすがは自衛隊の猛者《もさ》である。

「そんなことは、ないっ」

もういちど言った。

なんで二回も言うんだよ、と誰かが言い、皆が笑った。

隊長しっかりっ、と声援を送ったのは女性隊員である。

その声援に力づけられたのか、隊長は落ち着きを取り戻した。そして、居並ぶ野次馬と警官たちに向かって威厳を込めて言った。

「皆さん、誤解です。大いなる誤解、あるいは誤報です。皆さん、無責任なマスコミに惑わされてはいけない。実際、つい数年前にこのすぐ近くの町を襲った蛹谷大鳴動、あの未曾有の大災害の際にも、我々自衛隊が大活躍したというのは記憶にも新しいはずです」

古いよ。

っていうか。

記憶にないよ。

なんだよお、それ。

どこの話だ、いったい。

わやわやわやとまた皆が好き勝手にしゃべりだした。

「何を言ってるんですか。あなたがたは騙されている。記憶を操作されているのです。我々は立派に戦った。誰にも誇れるまことに堂々たる戦いでした。そして、自衛隊本来の職務を見事に果したのです」

「自衛隊本来の職務って、そりゃいったいなんですか？」

老警官が言った。

「もちろん、怪獣と戦うことですっ」

隊長が胸を張って言った。

「怪獣退治の専門家ですから」

「えっ、そうなんだ」

妻が言った。

「そうです」

隊長はきっぱりと答えた。

「これまでも、実戦は怪獣を相手にしか行っていません。もちろん、これからもそうでしょう。我々の所有する装備を大手を振って使用できる機会は、対怪獣戦だけなのですから。先の蛹谷大鳴動においては、突如として出現したモグラ怪獣に対しても見事な攻撃を行い、これを殲滅したのです。記録もちゃんと残っています。もっとも、テレビで放送したときのモノクロ映像ではありますが」

言われてみれば、そんなことがあったような気もする。

テレビの画面。

映っているのは、見覚えのある町並みだ。

もうすでに壊れている。

崩れ落ちた商店街のアーケード。

そして、冗談のように横倒しになった駅前のビル。

そうだ、あのとき私は、あそこにいた。

あったような気がする、どころではない。そもそもあれこそ、私があの町からここへと来たきっかけではなかったか。

蛹谷大鳴動。

私の住んでいた木造アパートはあっけなく倒壊し、そして避難所になっていた近くの小学校の講堂で眠っていて――。

真夜中に目が覚めた。

誰かに呼ばれた気がして、目が覚めたのだった。

一瞬、自分がどこにいるのかわからなかった。

蝋燭《ろうそく》の灯りと線香の匂い。

そこは小学校の講堂の一段高くなった舞台の上で、緞帳は下りている。

そうだ、ここは臨時に遺体を安置しておくための場所だったのだ。体育館の板張りの床はもう避難民でふさがっていて、眠くて眠くてなんでもいいから空いている場所を探しているうちにここで――。

忘れていた夢をふいに思い出すように、そんなことを思い出した。

起き上がった私を見て、その女は言った。

「生きてる」

「あ、どうも」

なんだか気まずくて私はそうつぶやいた。

「ここにしか寝床がなかったから」

「ふうん」と女はうなずき、そして言ったのだ。

「なんならいっしょに来る？」

そのままいっしょにこの町へ来た。

考えてみればそんなことすべてが夢の中の出来事のようで、じつはいまいち自信がない。

あんなことがあって町が大混乱で、信号すら消えていたのに、なぜか川のそばのバス停からは路線バスが出ていた、ということも含めて。

女といっしょにそれに乗って、揺られているうち、またすぐにうとうとして――。

目が覚めたらこの町だった。

ねえ、憶えてる？

妻の声がした。

はっ、と我に返る。

そんな怪獣騒ぎなんてあったっけ。

「あったかなあ」

「言われてみれば、ニュースでやってたような」

「どうだったかなあ」

「やってたんじゃないの」

「どうなのかなあ」

皆が口々に言っている。

「何言ってるんです。やってましたとも。これがそうですよ。これがそのときのテレビの録画です」

画面を指差して隊長が言う。

「そんなのが残ってるんなら、あったんだろうな」

皆がなんとなく納得しかけたそんなとき、「でも、それはそれとして、だ」と若い警官のひとりが、商店街のほうを指差して言った。

「あれって、そもそも怪獣じゃないよな」

隊長の熱弁になんとなく納得しかけていた者たちも、はっと我に返った。

「うん、怪獣っていうのとは違うな」

「メカだもんな」

「そうだよ、メカだ」

隊長は一瞬ひるんだ表情を見せたが、すぐに決意を込めて大きくうなずき、そしてこう宣言した。

「おっしゃる通り、その通りっ」

えっ、と意表をつかれて皆が隊長を見る。もちろんそのタイミングを逃すことなく、隊長は続ける。

「そうそう、そうなのですっ。あれは怪獣なんかではない。見ての通りメカですね、メカ。しかし、怪獣と無関係というわけではありませんよ。大いに関係しています。つまりあれは、我々自衛隊の誇る対怪獣メカなのです」

「えっ、どういうこと？」

皆を代表するように、老警官が尋ねた。

「じゃ、あれは自衛隊の持ち物ということですか？」

「もちろん、そうです」

隊長が大きくうなずいた。

「もっとも、自衛隊が秘密裏に開発したものでありまして、だから、より正確には、自衛隊の秘密兵器、いや、秘密持ち物なのですが――。いや、わかりますわかります、おっしゃりたいことはわかっていますよ、つまりこういうことでしょう、自衛隊の持ち物なのであれば、なぜそれがあんなところで暴れているのか、あなたはそういうことをおっしゃりたいわけですね、ごもっともっ。お答えします。しますとも。ええっと、ですね、ちょっと申し上げにくいのですが、まあ端的に申しますと、つまり、暴走したのです。巨大ですから。巨大で複雑なメカですから。ある程度の不安定要素というのは、これはやむを得ない。あの状態に至るまでには非常に複雑で不可避な暴走プロセスがあったのですが、あえて素人にもわかるように説明しますと、まあ灯油と間違えてガソリンを入れてしまった、というようなつまり人為的なうっかりミスによって暴走してしまったのです。冬にはよくあることです。もちろんあってはならないことですよ。ですが、実際に、ひと冬に何度かはどこかで起こります。つまりその程度のことなのです。いやいや、だから、もちろんあってはならないことです。それはわかっていますとも。ですがしかし、もう起こってしまったことは仕方がないではありませんかっ」

「なんだよ、それじゃ、あれって自衛隊の責任なんじゃないか」

当然のごとく、そんな声があがった。

「そうですよ。ええ、そうですっ。だから、我々が責任を持って処理すると言っているじゃないですか、そうでしょっ。だってね、ミスは仕方ないじゃないですか、人間だものっ。それをなんですかっ、鬼の首でもとったようにっ」

なぜか怒り出した隊長に、なに逆ギレしてんだよ、と誰かがじつにいい間で突っ込み、笑いが起こった。

それに対し、隊長がさらに怒りをあらわにしかけたそのとき、「あのお、こーげきじゅんびかんりょう、してるらしいんですけど」と、通信機を背負った隊員のひとりが遠慮がちに報告した。

「おおそうか。よおおおおしっ」

隊長が叫んだ。

「こーげきいいいっ、よおおおい」

途端に、爆発が起きた。

ダルマストーブの側面が吹き飛び、オレンジ色の巨大な火球が、あたりを夕焼け色に染めながら空へと昇っていった。

野次馬も警官たちも悲鳴をあげて逃げ出した。もちろん私も妻も逃げた。

すぐに前がつかえて走れなくなった。振り向くと、ダルマストーブは燃えていた。

燃えながら、さっきまでとはくらべものにならないほどの勢いでどす黒い煙をもこらもこらと吹き上げ、どしゃんっ、と一歩踏み出した。

アーケードの金属フレームがべりばりぞりばりと音をたてて歪んだ。

あっけなく倒れたアーケードを踏み潰しながら、巨大なダルマストーブがこっちに歩いてくる。

角張った長靴のような形をした、いかにもロボットという感じの短い足が見えた。もうそこまで近づいているのだ。

一歩一歩、身体を左右に傾けながら、のたのたと進んでくる。

うわあ、きたきたきたっ。

皆が叫ぶ。

ききいいいいきいいいいきいい、どしゃんっ。

ききいいいいきいいいいきいい、どしゃんっ。

そんな軋みと足音をたてながら、迫ってくる。

むあああっ、と表面の熱が伝わってきて、ますますストーブだ。

自衛隊はいったい何をやってるんだ。

当然のごとくそんな声があがり、そうだそうだっ、と皆が唱和したそのとき、巨大メカは倒れた。

倒されたのではなく、自分で倒れたのだ。いや、「倒れた」というより「こけた」に近いか。まあそのくらい間の抜けた倒れかただった。

アーケードを破壊しながら商店街を出ると、その正面にある弁天池。

その池を回り込む道路に右足をどしゃんっと降ろし、次に左足を踏み出そうとしたところで、右足の下の地面がわずかに傾斜していたせいでバランスを崩したらしい。おかげで左足が降りたところは、アスファルトではなく、池の縁の泥の上だ。左足はずるりとすべって、巨体はそのまま弁天池の中へと倒れ込んだのである。

なにしろ焼けたストーブだ。爆発音とともに水蒸気が噴き上がり、あたりは一瞬で霧が立ち込めたように真っ白になった。

白いカーテンの向こうからは、ごぼごぼしゅうしゅうぱちぱちじいじいかんかんかんからかんかん、といろんな音が聞こえてくる。

皆唖然とするだけで、声も出ない。あ、の形をした口で、ただ突っ立っている。

ようやく蒸気の霧が晴れてくると、まず全壊した商店街のアーケードが見えた。同時に、その手前の弁天池の上に小さな虹がかかって、すぐ消える。

しゅわしゅわしゅわと湯気の立ち込める池に、あのダルマストーブらしきものがあった。もっとも、泥色の水面から出ているのはストーブの頂きの部分と腕のようなものだけだ。それもゆっくりと沈んでいきつつある。

何も見えなくなるまで、さほど時間はかからなかった。

いちばん最後に、腕の先についていたグローブのようなものが別れを告げるようにふらふらと二度ほど大きく揺れ、そしてそのまま吸い込まれるように水中へと没した。

そんなに深い池だったっけ。

誰かがつぶやいた。

だよなあ、と私も思った。

あんな巨大な、商店街の屋根の倍ほどもあるようなものが、すべて沈んでしまうとは――。

まるで底無し沼ではないか。底無し沼などというものは、昔の漫画や映画の中にしかないものだと思っていたのに、こんな身近に存在していたとは。

そんなことを思っているうちに弁天池の水面はもうすっかり静まりかえって、泥色だった水ももとの深緑色に戻っている。つい今しがた、あんな巨大なメカを呑み込んだとはとても思えない。

夢でも見ていたかのようだ。

「諸君、危機は去った」

いきなり、隊長が大声でそう宣言したので、私をはじめとする野次馬も警官たちも驚いた。

「えっ、もしかしてこれで終わり？」

妻が言った。

それに対する返事はなかった。

隊長は、ただ叫んだ。

「てっしゅうううううっ」

隊員たちがそれを復唱する声が、そこらじゅうから競い合うようにあがった。

てっしゅうううううっ。

てっしゅううううううっ。

てっしゅうううううううっ。

てっしゅううううううううっ。

てっしゅうううううううううっ。

周囲に展開されていた様々な装備がみるみる片付けられていく。よく訓練された無駄のない動きだった。

素人の野次馬たちにも、もう終わり、を無理やりでも納得させるような手際の良さ。

実際、ぶつぶつ言いながらも、皆ぞろぞろぞろぞろと帰りかけた。

ところがそのとき、弁天池に変化があった。

池の中央がぶくぶくと泡立ちはじめたのだ。ちょうどあの巨大ダルマストーブが沈んでいったあたり。

泡は急速に量と勢いを増し、またたくまに池全体がさながらジャグジーのようになる。

なんだなんだなんだなんだ、とその場にいた野次馬も警官も自衛隊も、皆が弁天池に注目する。

そして、注目が集まるのを待っていたかのようなタイミングで現われたのは、数え切れないほどのスッポンである。

深緑色にもどっていた池の表面が埋め尽くされて、灰色になってしまうほどの量だった。

いろんな大きさのスッポンが水面に顔を出し、岸に向かって泳いでいた。

すでにのたのたと池の縁から這い上がってきているのもいる。

息苦しくなるほど泥臭くてぬるい空気が、あたりを満たしていた。どうやらこのぬるい風は、池の中央から放射状に吹いているらしい。そんな泥臭い風とともに後から後から、さながらスッポンの泉のように、池の中心からスッポンが湧き出してくる。

いやそれにしても、この弁天池にはこんなにたくさんのスッポンが棲んでいたのか。

素人考えではあるが、おそらくは沈んでいったダルマストーブの内部の熱によって池全体の温度が上昇し、そのせいで泥のなかで静かに冬眠していたスッポンたちが這い出してきたのだろう。にわかに春が来た、どころか、このままでは池ごとスッポン鍋だ。

うわあ、見て見て、あれ。

妻が指差すそこには、とてもスッポンとは思えないほど巨大なスッポンが姿を現わしている。

その柔らかそうな灰色の甲羅だけでも優に二メートルはあるだろう。

尖った鼻先を水面から突き出し、水掻きのある手足をばたんばたんと激しく動かしながら、その他大勢のスッポンを掻き分けて進んでくる。

あんな大きなのもいたのねえ、と妻が感心したようにつぶやく。

きっとこの池の主だろうな。

もっともらしく私は答えた。

いやそれにしてもでかい。めいっぱい伸ばしているあの大蛇のような首も入れれば、その全長は三メートルを越えるのではないか。

ここまで大きいと、もはやスッポンというよりもＵＭＡ。ネス湖のネッシーとか屈斜路《くっしゃろ》湖のクッシーの仲間みたいな感じである。

そんなことを思っているあいだにも、巨大スッポンは泳いできたその勢いのまま池の縁へとのりあげ、なんと後足で立ち上がった。

見物がいっせいに声をあげた。それはそうだろう、もうこうなると大きさだけではない。明らかにスッポンの域を越えている。

まあ、スッポンの域、などというものがあるのかどうか知らないが。

とにかくそのスッポンを越えたスッポンがなぜか、撤収しようとしている自衛隊の特殊車輌の前に立ちふさがったのだ。

両手を広げてすっくと立っている。

皆が固唾《かたず》を飲んで見守るなか、しばらくは睨み合いが続いた。

やがて、一台の車輌のドアが開いた。

出てきたのは、先ほどの隊長だ。自分より大きなスッポンの前に丸腰で立つあたりは、さすがに隊長である。

おお、と見物から声がもれた。

隊長が、ぐっと身体を落として構える。

スッポンも同じ姿勢をとる。そのまま睨み合ったところでいきなり、スッポンが仕掛けた。その泥だらけの身体で上から圧し掛かっていったのだ。

だが隊長もやすやすと潰されはしない。そのぬめぬめしたスッポンの巨体を全身でがっしと受け止め、がっぷり四つに組む。

＊

双方とも、じつによく戦った。

スッポンは慣れない地上にもかかわらずよく粘ったし、隊長もぬるぬるのつかみどころのない甲羅を懸命につかもうとした。

行司もいなければ水入りなどもちろんあるはずもないまま一進一退が続き、そしてじりじりと押して押して押し通した隊長はついに水際で、必殺の鯖折りによる勝負に出る。

赤松を割ったようなその鍛え抜かれた腕で、スッポンの背中の灰色の甲羅を万力のごとく締めあげた。

普通の人間であれば、それだけで気を失っていたことだろう。通常の亀ならば甲羅は割れていた。しかし、相手はスッポンである。スッポンの甲羅は隊長の想像をはるかに越えて柔らかかったのだ。

その甲羅は、ダリ描くところの時計のようにぐんにゃりと歪み、それでもスッポンはまるで平気なのだった。

大きな水掻きのある後足を泥に突き立てるようにして甲羅ごと反り返った身体をしっかりとささえ、なおも締め続ける隊長を腹の上に載せるようにしてさらに反り返り、あっぱれ、隊長を池の中へと叩き込んだのである。

隊長は頭から泥水に飛び込むかたちになり、再び出てきた顔は、まるで泥沼戦用迷彩をほどこしたかようになっていた。

それでどうやら気がすんだのか、スッポンは隊長に一瞥をくれると、その場に腹這いになって、ずるりと池の中へ戻っていったのである。そして、そのときにはもう池の温度は、スッポンが許容できるところまで下がっていたらしく、他のスッポンたちも争うようにあとに続く。さながらスッポンのUターン・ラッシュ。

「おいっ、ここんとこは、カットだぞ、カット。わかってるよなっ」

池の中の隊長が、突き出した両手をダブルピースならぬじゃんけんの鋏にして、開いたり閉じたりする。

「こんなシーン放送されたら、隊の面目丸つぶれだからな」

その先には、記録班という腕章をつけた隊員たちが複数のカメラを構えている。

彼らはただちにカメラを止め、隊長に敬礼。

亀が大暴れ、と聞こえたあれは、やっぱり聞き間違いではなかったな。

ふと、そんなことを思った。

あれは亀ではなくスッポン。そんな意見ももちろんあるだろうが、スッポンは分類学的にはカメ目だし、一般的にもあの外見は亀で通るだろう。少なくとも、亀とメカを聞き違えるよりは、スッポンを亀と呼ぶほうがずっとありそうだ。あの通行人たちはたぶん、ここで見たさっきの光景を話題にしていたのではないか。まあたしかにそれでは、物事の起きた順序が違ってはいる。それはそうなのだが、しかしそんなのは後で記録を編集すればどうにでもなるものだろう。たぶん、そういうものだ。

なぜなのかは自分でもわからないが、それでもそう納得してしまっている自分がいる。おかしいなとは思うが、それだって夢の中ではよくあることだ。

そんな私の目の前で、自衛隊は撤収を再開していた。再開すると早い。見る間に戦車がきりるきりるきりるきりると、国道を去っていき、特殊車輛や幌付きのトラックがその後に続いた。

そしてそのトラックの後部、カーキ色の幌の隙間からこっちを覗いているのは、カメラのレンズである。記録係の腕章をした腕も見える。

と、風で幌が大きく捲れた。

幌から覗いたカメラのその後ろで、笑ってガッツポーズをしているのは、なんとミノ氏とトーフー氏ではないか。

いい画《え》が撮れたなあ。

いい画が撮れました。

彼らがそう言いあっているのが、その口の動きでわかった。まるで字幕を読んでいるみたいに。

それにしても、いったいなぜ——。

思わずつぶやいたそのときには、もうトラックも戦車も特殊車輌も土埃の彼方に小さくなり、その先にある角を曲がっている。

そして、なんだか見覚えがある景色だと思ったそこは、バスでここへ来るときに通った道ではないか。

思い出した。

そうだ、あの角に違いない。

いつのまにか私は確信している。

あの同じ角を曲がって、この町に来たのだ。

思い出せる。

バスでこの町に着いたあのときのことを。

それは、女に揺り起こされて目を開けたあのシーン。

バスが大きく揺れて、あの角を曲がった。

運転手の声が言っていた。

あかむしー、あかむしー、まもなく、あかむし。あかむしでお降りになる方は——。

きんこん、とチャイムが鳴って、菫色のランプが灯った。女の白い指が、ボタンを押していた。

それで、私はここにいる。

かっとおおおおっ。

遠くからのそんな声で、私は目を開ける。

七　菜の花

今年も春が来てくれた。

そんな当たり前のことが最近は妙にありがたくてほっとする。そしてさらにありがたいことに、春が来る少し前には、あの騒ぎも一段落していたのだった。

まったく、やれやれ、なのである。

テレビのニュースやらワイドショーで繰り返し繰り返し、まさに嫌になるほど見せられて、そこにまだ後から後から、まるで後出しじゃんけんのように出てきた別の地点から捉えた同じシーンの映像やら、編集される前のバージョン違いの映像やらが次々に公開され、それがまたニセモノだのホンモノだの捏造《ねつぞう》だの盗作だのパクリだのリスペクトだのオマージュだのと、いろんなことがいろんな人によってさんざん言われつくしたその後だから、今更この私がそれに関してつけくわえることなどないと思う。

とにかく、巨大怪獣などという生物学的にも物理学的にも想定外と言うか、あってはならないと言うか、いっそ馬鹿げたとしか言いようのないものが、実際に出現してしまったのだ。

そして、そんなものはありえない、馬鹿げている、などといくら言ってみたところで、実際に起きてしまったことは否定のしようがない。

通常兵器ではまったく歯が立たないそんな巨大怪獣が首都圏を蹂躙《じゅうりん》し、しかし対怪獣兵器として密かに開発が進められていた新型爆弾によって、意外にあっさりと駆除されてしまった今となっては、この町を舞台にした怪獣映画を作る、などという企画からスポンサーが手をひいてしまうのは当然だろう。あの現実を前にした今、そんな作りものなど誰が見たがるものか、というのはもっともな意見である。いやそれでも作ることに意味があるのだ、とがんばって作ったところで、不謹慎、という一言で公開できない可能性のほうが高い。

なにしろ、映画の中に出てくる怪獣と、実際に首都圏で暴れまわった怪獣とのデザインが、偶然ではすまされないほど酷似《こくじ》している。それに加えて、撮影済みのフィルムやシナリオまでが、政府が臨時で立ち上げた怪獣被害対策機関とやらによって押収されてしまったときては。

事と次第によっては、お蔵入りになるのは映画だけですまないかもしれません、と電話の向うでミノ氏は言った。

もちろん、そちらにまでは影響が及ばないように手を打ってますのでご安心を。今回は本当に御迷惑をおかけしてしまって、いやもうなんというか、まったく申し訳ない限りです。

そうなのだ。

押収された書類の中に私の名前があったからだろう。私もたっぷりと取調べを受けた。

黒服の男たちが突然やってきて、目隠しされてどこかに連行され、目隠しをとって、白衣の男や女にいろんなことを質問されたが、何を質問されているのか、質問の意味すらよくわからなかった。それから、人間ドックでもここまではやらないであろういろんな検査。どうやら、脳味噌の中まで掻き回されてかなり強引に覗かれたらしく、今も後遺症のようなものは残っている。

すべてが終わると、何枚もの書類にサインさせられ、また目隠しをしたまま家の近くまで運ばれ解放されたのだった。たしかに酷い目にあった。しかし、こうして戻って来れただけでも幸運なのだろう。何も知らないということだけはわかってもらえたらしい。

まああの後もだいぶいろいろありまして、結局、この映画は製作中止、ということになってしまいました。

重々しい口調でそう言ったあと、ミノ氏は小声で続けた。

あくまでも、公には、です。こうなったらもう、この先何年かかってでも必ず完成させる、という覚悟でね、続けられる者だけで続けますから。

そう言ってから、あ、大丈夫です、この電話は盗聴されていませんから、とミノ氏。

そんなことを想定もしていなかった私としては、そうなんですか、としか返しようがない。

ところで、小説化のほうのギャランティなんですが、まあそういう事情で、全額というわけにはいかなくて。

ああ、いや、だって、まだなんにもやってないんだから、もちろんいいですよ。

私は言った。

実際、まだ何も書いてはいないどころか、小説化という意味すらわからないままだ。それに、関わっただけでけっこうおもしろかったし、たぶん、小説のいいネタになるだろう。そんな小説をはたして出版してくれるところがあるかどうかはわからないにしても。

いやあ、そうおっしゃっていただけるのは正直助かるんですが、それでもまあ出せる分くらいは、と、ミノ氏が電話の向こうで頭を下げたのがわかった。それに、映画は必ず完成させますから。いつになるかはわかりませんが。

じゃあ、そのときには、ぜひ私に小説化させてください。ギャラはそのときでいいですよ。

ねえ、どうなったの？

受話器を置くなり、妻が言った。

うん、まあ、いわゆるお蔵入り、ってやつらしいなあ。

えっ、それじゃ原稿料は。

原稿料っていっても、まだ原稿なんて一枚も書いてないわけだから。

だけど、取材しに現場に行ったりしたじゃない。それに、エキストラだってやったんでしょ。

ああ、そっちはちゃんと日給でくれたよ。

向こうの都合で一方的に中止になっちゃったんだから、違約金とかくれてもいいんじゃないの。

でも、こういうことになっちゃったんなら、それは仕方ないんじゃないかな。向こうも困ってるだろうし。

こういうことって、どういうことなのよ。

いやそれもよくわからないんだけど。でも、悪い人たちじゃないと思うよ。

すると妻は、まったくもうっ、とため息まじりに言う。ま、そもそもあのトーフーがやってるんだもんねえ。あいつって、昔っからそうだったからなあ。ほんっと、儲からないことばっかりやってるんだよ。

まあ映画なんて、ほとんどがそういうもんだろ。おもしろかったし、取材にもなったし。あ、それに、ミノ氏はまだ作るのは諦めてないって言ってたよ。

だが妻の耳にはそんな私の言葉はまるで入らなかったらしく、ったく、あのトーフーめ、こんど会ったら承知しないからな、どうしてくれようか、などとつぶやいている。

＊

ああ、またあれか、と泥の中で思う。いつかの夢の続きなのか、と。

それは、泥をこねて作った塔のようなものだった。そして、私は塗りこめられたようにその泥の壁の一部になっている。

粘り気のある泥だ。ナメクジをいっしょに練り込んだようなねっとりとした泥。包まれていると、蒲団の中のように温かい。

そんな泥。

温かくて、そして赤みがかっている。

どこからか洩れてくる光で、そのことがわかる。

そんな泥に埋もれたまま、顔だけを外に出している。

手も足も動かせる。なのに、泥から出ることはできなかった。

泥でできたその塔の表面から腕を出そうとすると、顔が泥の中に沈んでしまいそうになるのだ。足を出そうとしても、それは同じ。

液体の表面に浮かんでいるみたいだった。顔だけを出すのがせいいっぱい。

さっきからずっと、背中の下でうねうねとナメクジが蠢くような感触がある。

そして、その蠢いているものがナメクジではないことを夢の中の私は知っている。

赤黒い小さなミミズのようなものだ。この町のかつての名前——赤虫——の由来になった生き物。いや、我々の考える生き物というものですらないのかもしれない。

泥の中でもがきながら、同時に、そんなふうにもがいている自分自身の姿をどこかから見ている。映画でも観ているように。それで、妙に冷静にそんなことを考えることができる。

夢の中では珍しいことではない。

他の人はどうなのか知らないが、少なくとも私にとってはそうだ。

映画館の暗い客席から、スクリーンに映っている自分自身をぼんやり眺めている。

そんな感じ。

泥から出ている自分の顔は、スクリーンの光の照り返しで闇に浮かんでいる顔のようでもある。

もしスクリーンの中から客席のほうを眺めたら、こんなふうに見えるのではないか。

ふとそんなことを思ったのは、そこに浮かんでいるのが、私の顔だけではないからだろう。

泥の中に楕円《だえん》形のものがたくさん浮かんでいる。

いつかの夢で見たすっぽんの甲羅《こうら》。そんなふうにも見えたが、光が強くなるとそうでないことがすぐにわかる。

泥まみれの顔なのだ。

たくさんの顔が並んでいる。

同じ映画を観ているかのように、顔たちは揃ってこっちを向いている。

目の前に映し出されるものを、ただ見つめている大勢の人面。

突然、私を包んでいる泥が大きく波打った。

顔だけを水面に出したまま、波に大きく持ち上げられる。

ふうう、と持ち上がり、そして、また沈む。

上下動を繰り返しながら、夜の海に浮かんでいる。

ゆったりとうねる夜の海。

こうして身を任せてさえいれば、沈むことはない。穏やかだが力強くて大きなうねりが、身体を持ち上げたり沈めたり。出られないが、それでもこうして顔だけは表に出していてくれる。

暗い海に浮かんでいるようでもあり、映画館の客席にいるようでもあり。

夜の海と映画館とはよく似ている、ということか。

夢の中で思う。

ときどき、無性に映画館に行きたくなるのはそういうわけなのかな。もう戻ることはできない夜の海のかわりとして――。

そんな泥の中で、私はいつしか眠っている。

夢の中で眠って、夢の中で夢を見る。

映画館で映画を観るみたいに。

夢の中で上映される映画。

それは――。

いちめんの炎。

炎の中には、見覚えのある商店街や路地、そしてその向こうに横たわる川沿いにはかつてこの町の中心であった工場群が見えた。

私はそれらを見下ろしながら歩いている。

炎の中を歩いている。

平気で歩くことができるのだ。

視点は、工場の煙突よりも高い位置にある。

自分の身体がそれだけの大きさを持っているということか。

そう思って自分自身を見ようとするのだが、自分の身体が邪魔になって、自分がよく見えない。

なのにときおり、泥を捏ねて作られたような自分の身体の全体像が見える。

夢の中で自分自身を外から見ているように。

スクリーンに映った自分自身を見ているように。

泥を捏ねたような塊に、半透明の触手や、尖った爪や針、棘や角、背鰭《せびれ》、そんなものがごてごてとでためについた巨体が、町の上にそびえている。

あれが私か。

不恰好なあの泥の塔のようなもの。

自分に長い尾があるのは、歩くときにかかってくるその重みと慣性でわかる。

さっきから、背中でがさがさと音をたてているのは生い茂った植物のような背鰭だ。

歩く。

歩いている。

その巨体を震わせて。

地響きのような足音をたてて。

炎に包まれた夜の町を私は歩いている。

人の形をしてはいないが、二本足で立っている。人の形をしてはいないが、その点は人と同じ。

二本足で、地上を歩いている。それはたぶん、中に入っているのが、人だからなのだ。その中に入って、それを動かしているのが。

外見がどうであろうと、中身は人でしかない。

一歩一歩を確かめるように、ゆっくりと歩く。

ただそれだけで、ずうん、ずうん、と大地が揺れる。

建物が崩れ、地面が沈む。

町が燃える音。

熱せられた空気が吹き上がる音。

さっきまで頭の上にあんなにいた飛行機は、もうどこにも見えない。この町を焼き払うためにどこから
か飛んできた爆撃機の群れ。

何機かは、この身体から放射される熱線で落としたはずだが——。

かつて一丁目と呼ばれていた工場街。その真ん中に、私は立っている。

蒲鉾型の屋根。

私の足元で、その屋根だけが燃え落ち、工場の内部が剥き出しになった。

蒲鉾屋根が覆い隠していたその中身。

そこには、深い沼がある。

フロアいちめんの泥のプール。

そこで何かが蠢いている。

熱くなった泥がはねる。

私はその中に、触手を入れる。

自分の手のように操ることができるが、もちろんそれは私の手の延長でしかないから、いちどに二本しか
動かせない。そんな触手。

それを手の形にして、泥の中で動いているものを掬《すく》いあげる。

ぴちぴちと跳ねているそれを潰さないように気をつけて、目の前まで持ってくる。

それは、人の頭から尾が生えたようなものだ。その形状からしてたぶん、人面オタマとか呼ばれるのではないか。実際、ぷよぷよした感触も、申し訳程度についている細い手と足も、その段階にあるオタマジャクシにそっくりなのだ。自力で移動するための最低限の部品をつけた人面。

それがこのプールで育てられていた。

あの爆撃機の群れが、この町ごと焼き払ってしまおうとしたもののひとつ。

いくつもの屋根の下に、同じようなプールがある。そしてそれらはすべて、この町の地下で繋がっていた。

暗くて大きなプールが、夜の海のようにこの町の地下には広がっている。

いや、そもそも、その地下のほうがこの町なのだ。その上にあるのは、むしろ擬態のようなものなのかもしれない。たとえば、人のような顔をした何か。

もともとこのあたり一帯は、赤虫と呼ばれる海沿いにある泥沼のような湿地帯だった。そこに棲息するものを祭る小さな神社しかなかった。

それが、赤虫神社。

そこに祭られていたものを人は利用しようとした。それをなんとかして制御し、操ろうとしたのだ。

そのために使用するインターフェイス。

人が発音できない名を持つ存在と人とを繋ぐためのもの。

それを擦り合せる面となるもの。

それこそが人面と呼ばれる技術だった。

いったい誰がそんな利用方法を見つけたのかはわからない。いや、利用などではなく、その祭られていたものと契約をしただけ。そんな記録もあるが――。

そう、たとえば、あの「根黒乃巫女音」。

根黒の巫女の発した音声の記録。

それで、こうなった。

私は、飛行機を落とせるほどの存在になった。

だが、まだだ。

まだまだ足りない。

触手で掬いとったものを、私は口を開けて呑みこんでいく。噛まずに啜《すす》り込む。啜り込み続ける。

潰さないよう丸呑みにして、そのまま自分の肉体に取り込む。

呑み込まれる者たちにもそれがわかっているのだろう。私に協力するため、抵抗せずに入ってくる。

もともと、そういうふうにできている。

何かに入り込んだり貼りついたり。もっと大きな肉に貼りつくことで、もっと大きくなる。

大きくなったそれを制御する。

操縦する。

こんなふうに。

この町では、町をあげてそんな人面が作られてきた。

赤虫にある人面町。

そう呼ばれていたこともあった。

そんな技術を使って、死なない巨大な兵を作る。

赤虫計画とか人面計画とか呼ばれていたらしいが、まあ正気の沙汰とは思えない。だが、本気でそんな案が検討され、そして実行に移されたわけだから、つまり、正気ではなかったということだろう。その流れの中にいるものには、自分が正気かどうかなど判断できない。

町の住人が繋がりあい、それ自体が巨大な兵士として生まれ変わる。

そして、立ち上がる。

この国を守るために。

だが、立ち上がるその前に、その計画の廃棄が決定した。町の住人たちの知らないところで、いろんな取り決めが行われ、その結果、そんな非人道的な計画は存在しなかったことになり、そしてもちろん、そんな町も無かったことになった。

ありもしないはずものがあっては困るから、無くしてしまうしかない。もちろん、町そのものである住人も。

それで焼き尽くすことになったのだ。それが、この国のためだから。

いやいや、それだってもちろん、根も葉もない噂。

ただの都市伝説。あの空爆が、味方によって、あるいは味方からの要請によって行われた、などという怪しげな説を始めとするじつに馬鹿馬鹿しい陰謀論の数々。

だから、たとえフィクションだと断りを入れたとしても、そんなものを表に出せるはずはない。つまりは、お蔵入《くらい》り。

*

諸事情により、ほとぼりが冷めるまで、しばらく行方をくらますことにいたしました。つきましてはその前に、お世話になった御礼としばしのお別れの御挨拶をかねまして、これまで撮った分だけでも繋いで、お世話になった皆様に是非ともご覧いただきたく――。

そんな案内状がきたのは、もう寒さもすっかりゆるんだ春の日の午後のこと。

葉書に記された上映日時はといえば、なんと今日ではないか。しかも、開演時刻までもう一時間足らず。買い物に出ている妻に置手紙をして、さっそく出かけることにした。

印刷された地図を見ると、さほど遠くはない。一丁目の、かつて町工場がたくさんあったあたりか。風もさほど冷たくはないだろう。かたこんかたこんと漕ぐたびに音をたてる自転車で、家の前の路地から商店街への坂を下り、神社の横をくねくねと続いているたぶん昔は川だったであろう細道を走り抜けていった。

左右に植木鉢がびっしりと並ぶ路地は、すっかり春のようだ。

午後の日差しはまだまだ弱いが、それでも寒さは感じない。

もう少ししたら、虫がたくさん出てくるだろう。ざわざわぞわぞわといろんなものが動き出し、いろんなものが腐り出す春という季節は、じつはけっこう苦手だったりするのだが、今はまだそれほどでもない。

ぽかぽかと心地良く、こうして自転車を漕いでいるのに、なんだか眠くなってくる。

路地には子供たちが遊んでいる。

このあたりは年寄りばかりのように思っていたのだが、こうして見るとけっこういるものだな、と思う。

遊んでいる子供たちの動きは、なんだかゆっくりとしているように感じられる。

丸い光が見える。

丸くて眩しい光。

ちかちかちかと瞬いている。

それが幾つも幾つも。

路地の剥き出しの土の上に、水を張った盥《たらい》やバケツが並んでいる。

丸い水鏡が、揺れながら陽光を反射しているのだ。

それは、なんだか、映画館のスクリーンの上で瞬く光のようでもある。

水の中を覗き込む子供たちの顔にも、反射光が踊っている。

私も自転車の上から覗き込む。

盥の中には、ザリガニや亀が入っている。子供たちの会話の端々で、近くの川で捕まえてきたのだとわかる。

まだ冬眠から完全に醒めきってはいない亀が、水面から鼻先だけを出している。

ふしゅっ、と亀の鼻の穴から水が飛び出る。

それを見て笑っている女の子と男の子。そして、そのふたりをすこし離れたところから見ている男の子。

女の子が盥から掴み上げた亀を私のほうに自慢気に突き出して見せてくれる。

掌に載るくらいの小さな亀だ。

そんな亀がばたばたと手足を動かす。

それに応えて、私は自転車のベルを鳴らす。

すっかり錆びついて、いつもはじこじことしかならないベルが、ちりりちりりと綺麗な音を出したので、すこし嬉しくなった。

なんだかこんな光景をどこかで見たことがあるな。

女の子を見ながら、ふいにそんなことを思う。いつ、どこで、なのだろう。それとも、ただそんな気がしている、というだけなのだろうか。

眠い頭に浮かんでくる考えともつかない考えを眺めながらペダルを踏む。

いつもそうするように、だいたいの方向だけで見当をつけ、路地をくねくねと進んで行く。それは仕方がない。今更こんなことを言っても、呆れられたり信じてもらえなかったりするが、私には未だにこの町がどんな形をしているのか、ちゃんとわかっていない。地図として頭に全体像を描くことができないでいる。

まあそれは昔からそうだったのだ。

あるところからあるところまで行く道順は記憶できる。その二点の位置関係はまだわかるが、そこに別の一点が加わったりするともういけない。地図が描けない。おかげでよく道に迷う。それはたぶん、私の頭に何かが欠落しているからなのだろう。もうけっこう長く住んでいるこの小さな町だから、でたらめに進んでもすぐに知っているところに出る。だから今ではめったに迷ったりはしなくなったが――。

それでも、自分では思ってもいなかったところにいきなり出て驚いたり戸惑いを覚えることは多い。

つまり、自分だけでは確率的にしか目的地にたどりつけない。

空間認識の能力になにか欠陥があるのだろうなあ、などと思いながら、自転車を漕ぎ続けると、ほら出た、見覚えのある長い長い板塀沿いの道だ。塀の上には工場の赤い煙突も覗いている。

塀に沿って曲がると枯れた水路があって、短い橋の向こうに工場の正門が見えた。なんだ、ここだったのか。映画の撮影で何度か来たところだから間違いないだろう。

葉書の地図によると、やっぱり会場はこの工場の敷地内だ。しかし門はいつものように板と鉄条網《てつじょうもう》と鎖《くさり》で閉ざされたままだし、案内のための看板らしきものも見当たらない。

橋を渡ってはみたが、どう見てもここからは入れそうにない。仕方がないからそのまま塀沿いの細い道を自転車で走る。

視界の右半分はどこまでも続いているかのような長い塀。そして、残り半分は水路に生えた背の高い葦《あし》だ。自転車に乗っている私の頭より高いから、向こうは見えない。

そのうち、猫に気がついた。

塀の上に猫がちょこんと座っている。

座って、こっちを見ている。

何匹も何匹も。

いろんな大きさ、いろんな毛並みの猫が、等間隔で塀の上に並んでいる。

こいつら、いったい何をやっているのだろう。猫は会議をするものだが、しかしこの並びかたは会議をしている風でもない。塀の上は午後の日差しでぽかぽかと暖かそうではあるが、しかし、それにしてもこの大量で等間隔の猫は――。

そんなふうに猫を見ながらペダルを踏んでいるうち、気がついたら塀の内側にいたので驚いた。入れるところを探して、ずっと塀に沿って工場の周囲を回っていると思っていたのに、さっきまで葦しかなかった方に目を移すと、いつのまにやらそこにはアスファルトの地面と何本もの線路があって、その向こうに蒲鉾の形をした建物が見えているではないか。

線路は、昔この工場への材料運搬と出荷のために使われていた引込み線だろう。こんなものがまだ残っているとは知らなかった。

いやまて、知っていたような気もするな。それともそれを知っているのは夢の中の私か。

線路は錆びついてはいない。それどころか、まるで現役のように銀色に輝いている。

もしかしたらこれも映画のためにやったことなのだろうか。

線路は路面電車のそれのように地面に埋めこまれていて段差はない。だから、線路の上を自転車で横断することができる。

こんな感じもまた、前に体験したことがある気がした。

それとも、シナリオで読んだのかな。

それなら、この風景に見覚えがあっても不思議はない。

工場内での移動は、主に自転車だった。

まるでかつて自分がその工場で働いていたことがあるかのように、そんなことまで思い出せる。そして実際、目の前にあるのはシナリオのままの風景だ。

それにしても、いつのまにか工場の中に入り込んでしまっているなどというのは、ぼんやりしているにもほどがあるな。我ながら呆れた。自転車を漕いでいるときくらいは、せめてちゃんと前を見ないと。

しかしまあおかげで、なのかどうかはわからないが、とにかくこうして目的地に着くことができたのだから、今日のところはよしとしておくか。

飛行機の格納庫を思わせる正面の巨大なシャッターの脇に、小さな鉄の扉があった。何の表示もないが、あそこから入ればいいのだとわかった。以前にも、そこから入ったことがあるような気がしたのだ。

それもたぶん、シナリオでそういうシーンを読んだせいだろう。

憶えていないようでも、ああいう形で咀嚼したシナリオは、ちゃんとこの身体に入っているらしい。もう自分の一部だとしか思えない。なのに、小説化することはできなかった。それが、今更ながら残念ではある。

まあ、私は私で勝手にやってもいいか。やってみるか。小説化とやらを。

ノブを回して引くと、扉はあっさり開いた。

闇があった。

そこへ突然、四角い光が現れる。

四角い枠から、暗闇へと溢れ出てくる光。

それがスクリーンに投影された光であることは、すぐにわかった。

もう上映は始まっているのだろうか。

では、さっきの闇は、シーンとシーンのあいだの闇だったのか。

外からの光が入ってこないように、あわてて扉を閉めた。

横長の四角いフレームの中には、見覚えのある町が映し出されている。

ちらつく光の中に浮かんでいる。

切れ切れのいろんなシーン。

見覚えのあるシーンもあれば、見覚えのないシーンもあった。

ところがどういうわけか、見覚えがないにもかかわらず、そこには私がいる。

いや、自分のような気がしているだけなのか。たまたま、私に似た人が映っていて、それを自分だと勘違いしているだけなのかも。

浮かんでは消える様々な場面。

バスに乗ってこの町にやってきた私。

売れない小説家を装って、何かを調査しているらしい私。

そして、この町に隠された秘密を知ることになる私。

ひとつひとつは脈絡のない断片のように見えても、こうしてある順序で映像が並ぶと、そんなふうに解釈することができる。観ている側が、勝手にそんなお話を読み取ることができる。

いや、読み取ってしまう。

自分のお話を――。

しかしもちろん、私自身はそんなことをした憶えなどないから、あの私は、私の役を演じている私ではない誰か、なのだろう。

では、なぜそんなものが映っているのか。いったいいつからそんな映画になったのか。

この映画で主役をつとめている俳優が、たまたま私に似ているだけなのか。あるいは、私がその俳優にたまたま似ているのか。

いや、もしかしたら、私が今こうして見ているスクリーンのあの人物は、私に似てなどいないのかも。

観ている私が勝手にそう思っているだけで。

だって、自分自身の姿をこんなふうに離れたところから見たことなどあまりないのだから。私以外の誰かが見れば、このスクリーンの中の人物と私とが似ているなどとは思いもしないかもしれないではないか。

そんな気がしてきた。

そうだな。自分がどんな顔をしているのかなど、自分ではわからない。いつのまにか、自分の顔の上に別の人面を貼りつけられていたとしても、本人は気づかないままなのではないか。

いや、さすがにそれはないか、と思う。しかし、そんなことが絶対にない、と言い切る自信もない。

あれこれ考えながら、闇の底から四角い光を見上げていると、あ、と思わず声を出してしまった。

同じ光の中に、知っている顔が浮かんだのだ。

妻だ。

これは間違いない。

いつも見ている顔だから。

なんだよ、あいつ、いつのまに出演なんかしたんだ、と驚いたのは一瞬で、しかしよくよく見ると、それは私の知っている妻ではない。いや、知っている部分もあるのだが、違っている。

たぶんそれは、まだ私と知りあっていない頃の、今よりずっと若い頃の妻なのだ。

制服を着ている。高校生なのだろうか。

はたしてそれが、その頃に撮影された映像なのか、それともそんな衣装を着けて、そんな演技をしているだけなのか。そこまではわからないが、今の妻より若く見えるのはたしかだ。もちろん、それも映画のトリックなのかもしれないが。

とにかくそこにいるのは妻の若い頃の姿で、そして、そんな妻といっしょに映っているのは、同じく若き日のトーフー氏らしい。

休日の校庭のようだ。

誰もいない運動場の隅で、楽しそうに笑いあっている。ふたりの後ろに見える木造の校舎は、今もこの町に残っているものだ。

いったい何を話しているのかはわからない。音は無い。そのせいか、くっきりと見えているのに、ひどく遠くの出来事のように思える。

まるで川の対岸から眺めているような。

トーフー氏が、大きな身振りで、熱心に語っている。きっと怪獣のことを話しているのだ。それはわかった。だって、その動作はミノ氏が私に話したときとそっくりだ。いつか怪獣映画を作りたい。そんなことを話しているに違いない。そんなとき、人は同じ身振りをする。いつか自分が作ってみたい怪獣映画のことを情熱を込めて話して聞かせているのだ。そんなトーフー氏を見て、妻は楽しそうに笑っている。

そしてカットが変わる。

ざらついたモノクロの映像。

それはかつてのこの町の姿だ。

この町の工場群。

それがフル稼働していた頃。

煙突が煙を吹き上げ、引込み線から出入りする貨物列車の音が常に町に響き、クレーンの林の中を巨大なザリガニやクマのような形の作業機械があわただしく動き回っている。

そこには、今の町からはとっくの昔に失われてしまった力や活気や勢いが感じられる。

これはいつのことなのか。

いや、そもそもこれは何なのか。

映画なのか。

現実なのか虚構なのか。

過去に似せて作られた映像。

それとも、誰かが過去に撮影した現実。

そんな風景の中を妻が歩いている。

まだ私の妻ではなかった頃の。

工場と工場の隙間の細い路地のような道を、トーフー氏といっしょに歩いている。

歩きながら笑っていることは後ろ姿でもわかった。よく笑うところも、その笑いかたも、今と変わらない。

ふたりの後をつけるように、カメラも進んでいく。だから当たり前のことだが、このシーンを撮影しているのは、トーフー氏でも妻でもない。

もしかしたら、ミノ氏なのではないか。

若い頃のミノ氏。

昔のミノ氏。

そんな気がした。そう思って見ると、離れたところからふたりを見つめているミノ氏の存在が感じられるような気がした。

もっともそれは、ここへ来るときに見たあの光景のせいなのかもしれない。

いっしょに遊んでいる男の子と女の子。そして、それをすこし離れたところから見ている男の子。

結局、映画というのはそういうものなのかもしれない。

そこに入ることはできない。

少し離れたところから見つめているだけ。

そんな参加の仕方しかできない者によって作られるもの。

だから、たとえどんなにアップになったとしても、それは遠くの出来事なのだ。

その視線の主は、そこに映っている者たちと同じ世界にはいない。

スクリーンの上のふたりは、通いなれた道を行くように工場と工場の間を抜けていく。そして、そんなふたりの前に突然、ぽかんと空間が開ける。

そこは、工場裏の空き地だ。

草の中を歩いていく。

そんな先にあるのは――。

神社の縁の下にあった蟻《あり》地獄を連想させるような擂り鉢状の穴。

穴の縁には石段が刻まれていて、螺旋《らせん》を描きながら時計回りに下っていくことができる。

手を繋いで回りながら降りていくふたりが蟻のように見えるほど、その穴は大きい。

通常の人間の視点ではありえない真上から、ふたりの姿が捉えられている。ふたつの黒い頭が、回りながら中心に近づいていく映像。
ゆっくりゆっくり。
蟻のように。
ようやくふたりは、擂り鉢の中心、いちばん底へと到達する。
穴の底にはさらに穴がある。
暗い穴。
その先に、闇の世界が広がっている。
トーフー氏は、手にしている懐中電燈をその闇に向ける。
頼りない光の輪の中に、それがぼんやりと浮かぶ。
動いている。
鍾乳石《しょうにゅうせき》で出来た檻のような一画に、それは閉じ込められているように見える。
檻の中で蠢いている。
それは、初詣に行った神社で見たあの絵に描かれていたものだ。
肉で出来たクラゲのようなもの。
蠢くたびにぷるぷると震えているその丸い笠の部分が、巨大な顔になっている。
人面のクラゲのようなもの。
こいつ、ずっとここにいるんだよ。

コントラストの強調されたざらついた画面の中で、トーフー氏が言った。

もうずいぶん昔、この町がここに出来るより前から。いや、これがいたからこそ、こんな湿地帯に町が作られた、っていうほうが正しいのかな。こいつの力を借りて、いろんなものを作るためにね。

トーフー氏の声は続けた。

こいつがいったい何なのかは、わからない。いろんな学者が調べたけど、わからなかったんだ。でも、こいつを使っていろんなものを作るっていうことは、ずっと昔から行われていたらしい。そしてその方法も、伝わっていた。だから、それをもっと大掛かりに、近代的にやってみよう、っていうことになったんだよ。

この国の、偉い人が、そう決めたのさ。

もっともっと、人が人でなくなるところまで。この戦いに勝利するためには、もうそれしか方法はない、ってね。誰かが、そう決めたんだ。

＊

まず、工場。そしてその工場を運転するための工員が集められた。

この町に与えられた役目は、普通の兵士を弾があたっても死なない兵士に変えることだった。

もちろん、そうなるともう人じゃない。人の形をした人じゃない兵士だ。

神の国の軍隊が、人じゃない兵士でいいのか、なんて意見も最初はあったそうだが、なにしろ圧倒的に人が足りない。どんどん死んでたからね。そうなると、そんなことは言っていられない。

人じゃなくても、人の面さえしていればそれでいい。そういうことになった。そんな、人じゃない兵隊がつけるための人の面を専門に作る工場とその工員のための町まで作られた。だって、もう最後のほうは物資が不足して、人の形を作ることさえ難しくなって、とにかく人の面さえつけてれば、犬でも猫でも魚でもいい、なんてことになってってね。

やけくそだね。

しかしまあそのおかげでこの一帯だけは、大いに活気にあふれて、景気がよくなったたってわけ。特需《とくじゅ》ってやつだね。でも、この戦争はもうすぐ終わる、って言えば聞こえはいいけどようするに、負ける、ってことがはっきりした。予想なんかじゃなくて、もうそれは決まったことなんだ。上のほうでは、ずっと前から決まっていたらしいんだな。

それはいいとして、そうなると、こういうことをやってたっていうのは、ちょっとまずいんじゃないかってことになった。非人道的で不適切な作戦ってことになっちゃうんじゃないか。

だから、そういうのは無かったことにしようってね。

もちろんそれも、この国の偉い人たちが決めたこと。

うん、勝手にそう決めたんだね。自分たちの身を守るために。

で、それを徹底させるために、工場を焼き払うことにした。というか、町ごと全部、だね。そういう決定。

嘘みたいだけどさ。

さすがにそんなことされちゃ、たまったもんじゃないよね。だから、もしそんなことになったら、そうなる前にこいつを解放するよ。

すべての力を解き放つ。

大丈夫、ぼくが動かすから。ぼくが適役らしい。なにしろ、ぼくも同じ水槽で作られた。いわば、同じ水の豆腐、だからね。

ぼくが中に入って、ちゃんと制御する。

必ず守るからね。

トーフー氏がつぶやく。

君を、とは言えなかった。なぜかそれが、私にはわかった。

そんなトーフー氏に妻が何か言いかけたところで、爆発音とともに画面が大きく揺れた。

そして、断ち切られたように、映像はそこで終わる。

白い光だけがある。

四角い枠の中で瞬いている空白。

そんな白い光の照り返しで、自分の姿が見える。闇の中に浮かんでいる。

幽霊のように。

本当に何が起こったのか、なんてことは、今では誰にもわかりません。

すぐ後ろから、ミノ氏のそんな声が聞こえた。

だから、あくまでも映画なんですよ、映画。この町を舞台にした映画です。町を起こすためのね。これによって、町を起こす。この現実に立ち上げる。それ以上でもそれ以下でもない。

すべてはそういう絵空事です。

そんな絵空事の中で、この町の住民が全員で立ち上がったわけだ。ひとつの獣になってね。ただ黙って焼き払われるよりは、そっちを選んだ。

人面犬とか人面魚の同類になることをね。

人面の町。

人面町として立ち上がった。

それはねえ、とんでもなく大きくて、これまで誰も見たことのない怪しい獣だったはずです。中身は人なのに、、何者でもない獣。

大怪獣です。

もちろん常識では、そんなものとても考えられませんよ。存在できるはずがない。

まあ、常識なんて、とっくの昔にかなぐり捨てられてましたよ。だって、そもそも町が一丸となって兵器化する、なんてことになってたんです。それで本気で勝てると思ってたんだねえ、当初は。

いやまったく、おめでたいもんだ。

でも、敵の新型爆弾の威力が判明した時点で、上の連中にもやっと現実ってものが見えたんでしょう。

とてもこんなものじゃ太刀打ちできない、ってことが。

そりゃそうですよねえ。軍隊より強い怪獣なんて、映画の中だけの話ですから。

だからすべてを無かったことにしようとした。

それでですよ。

我々としては、無かったことにされる前にこの世界からいち抜けることにした、ってわけです。

そう、この町ごとね。

シュレディンガーの化け猫ってやつですな。この町と住民全員の情報の虚構化です。虚数座標上に一対一で写像変換した、まあようするに、「映画化」したと思ってください。そして、その映画をあえてお蔵入り――観測不可能な状態――にしたわけです。

そうすることで、前の世界との相互作用をなくすことにした。つまり、縁を切った。

ぷつん、と。

光が消えた。

真っ暗だ。

さっきまで聞こえていた、かたかたかたかたという映写機の音も今はない。

では、これで終わりなのか。

さっきのミノ氏の声は、映画の中の台詞なのか、それとも映画の外で発せられたものなのか。

暗闇の中でそんなことを思っていると、突然、ばさりと大きな鳥が羽ばたくような音がして、目の前に空間が開けた。

さっきまでそこに吊るされていたスクリーンが床に落ちたのだ。

その向こうには、暮れかかった空が広がっている。
そこにあるのは、工場裏の空き地だ。
見覚えのある風景。
そう、さっきまで観ていた映画の中にあった場所なのだ。
妻とトーフー氏が歩いていたあの場所。
そこには、モノクロームの映像ではわからなかった鮮やかな色が溢れている。
広い空き地を菜の花が埋めつくしていた。
その黄色。そしてその上に、淡い水色の光を帯びた空が広がっている。
なぜ工場の裏にこんな広い空き地があるのだろう。
映画の中の風景のごとく、それはどこまでも続いているように見える。
ぽかんと口をあけて、そんな光景を見ている私の真上に、巨大な影が落ちた。
見上げるそれは、空を覆い隠すほどの大きな黒い影だ。
そんな大きな影が――。
私を跨ぎ越えていく。
ずうん。
大きく地面が揺れた。
足音だ。

現実世界の物理法則を無視しているとしか思えないような巨大な何か。

ずうん。

あたかもひとつの町が立ち上がったかのような。

そんな大きさと重さをもった獣。

名状しがたいもの。

まさに大怪獣。

そんなものはいない。いるはずがないのだ。そう、この世界には――。

だから、その中には人間が入っている。

中の人が動かしているのだ。

現実にはいないから。

ずうん。

そんな大怪獣が、私の上を通過していった。

そしてそれは今、どこまでも続く菜の花畑を進んでいく。私に背中を向けて――。

ずうん。

一歩ずつ確実に、私から遠ざかっていく。

トーフー氏は、自身の書いたシナリオの通り、あれを動かした。そうすることで、この町を無かったことにしようとした力に、ささやかな抵抗を試みた。

今も、そうしている。

ずうん。

遠ざかっていくその背中は、トーフー氏の背中そのもののように見える。

あの重い足音も、もうかすかな響きでしかない。

ついさっき、あれほど圧倒的な存在に思えたのに、今では夕闇に溶けていく小さくたよりない影でしかなかった。それはまるで、菜の花の海に帰っていくようにも見えるのだ。

まあたしかに、海へ帰っていく、というのが怪獣映画の最後にはふさわしいのかもしれないな。

濃くなっていく夕闇のなかで、ふと、そんなことを思う。

夕闇と小さな影は、もう見分けがつかない。

ふと視線を感じて振り向くと、そこにはすっかりお馴染みの盆踊りの櫓があって、その上に人影が見えた。

カメラの後ろに立つそのシルエットだけで、それが誰なのかわかった。

監督であり、観測者として、彼はそこに立っている。

この町を観測し、ここに存在する、そしてかつて存在した、人や人でないものたちの姿をある形で切り取り、フィルムに定着させて、確定する。

この現実にはありもしないもの。

無かったことにされたものたちを。

それが彼の役目であり仕事なのだろう。

かっとおおおおっ。

ミノ氏の声が夕闇に響き渡る。

同時に、ミノ氏の肩から力が抜けたのがわかった。それまで背負い込んでいた重いものをようやく下したかのように。

なんだか急に老け込んで見えた。

いやいやあ、おかげさまでいい画がとれましたよ。

ミノ氏が、櫓の上で笑いながら拍手する。

これであの連中も当分はこの町に手を出そう、なんて気にはならないでしょう。まあ今回のところは、せっかく出してきた新兵器とやらの顔をたてて、すぐに引っ込んでやりましたが、もちろんこの次があれば、そうはいかない。そのくらいのことは、あの連中にもわかったでしょうからね。

ああ、そういうことか。

私は思う。

これがいったいどこを舞台にしていて、いつ作られた映画なのかはわからないが、始めからお蔵入り覚悟で作られた映画であるのは間違いなくて、つまり私はそれに利用されたということなのだろう。

もちろん本当にそうなのかどうかはわからないが、もしそうだとしても、とくに腹は立たない。私だって今ではこの町の住民だ。この町を守るためには、そのくらいの協力は惜しまない。むしろ、これでようやく私もこの町の住民になれたような気がした。

ほんとうに、いろいろとご苦労をおかけしました。

ミノ氏が櫓の上から頭を下げた。

いやあ、こっちとしても、取材させてもらったようなものですから。

私が言うと、さらに深く頭を下げる。

そう仰っていただけると、こちらとしても――。

ミノ氏はそこで突然言葉を切り、落ちつきなくあたりを見まわした。

おっと、ご挨拶の途中ではありますが、これにて失礼をっ。

礼をしたままの姿勢で櫓の上からすとんと飛び降り、私の横をすり抜けるようにして菜の花畑の中へと走りこむ。

その姿は細長い奇妙な獣のようにも見えたが、目を凝らしたときには、もう見えなくなっていた。

あれっ、もう終わっちゃったの？

そんな声に振り向くと、そこには妻が立っている。

あいつらにたっぷりギャラを請求してやろうと思ってたのに。

いやあ、映画がお蔵入りしたんだから、それは無理だろう。

私が言うと妻は、だからそれとこれとは話が別でしょ、と頬をぷうと膨らませる。

ったく、あいつら、昔っからそういうとこがいいかげんなんだよ。

妻が遠くを見る目をしてつぶやいた。

菜の花の向うの夕空に、小さく人影のようなものが見えた。

人のようにも怪獣のようにも見えるそんな影に向かって、妻が叫んだ。

おおい、トーフー、お盆でもないのに、ちょこちょこ帰ってくるんじゃないよおっ。

なるほど、そういうことか。よくしゃべったり動いたりするわりには、揃いも揃ってなんとなく影が薄い連中だ、とは思ってはいたが、それで納得がいった。

ほんと、昔っからそうなんだ。

妻が思い出したように言う。

けじめってもんがなくてさ、すぐ自分勝手にやっちゃうんだよね。

きりるきいきいきりるきいきい、と骨が軋むようなそんな音に振り向くと、あの盆踊りの櫓が動いている。誰かが動かしているようには見えないから、きっと自分で動いているのだろう。土台についた車輪を回転させて、ゆっくりこの場から離れていく。まあ、もともとあれは商店街の所有物だし、今年の盆踊りでも使うだろうから、「要返却」なのは当然のことで、そのための自走式なのかもしれないな。

きりるきいきいからからからから、と加速して、工場の蒲鉾型の屋根の向うへと消えていった。

帰るか。

私は言った。

うん、帰ろう。

妻が笑ってうなずき、あ、せっかくだから、と足もとの菜の花を摘む。晩御飯のスパゲティに使わせてもらおっと。

なるほど、たしかにそいつはうまそうだ。辛子菜科にふさわしいぴりりとしたかすかな刺激をともなう菜の花のあの苦味は、大蒜《にんにく》を炒めて香りをつけた油とよく合うに違いない。

考えただけで涎がわいてきた。同時になぜか私は、初めてこの町にやってきたときのことをまた思い出している。まるで映画の回想シーンのように。

そう。あのときはまだ、この町でこんなに長く暮らすことになる、とは考えもしなかった。菜の花畑の西の空にはすぐにも消えてしまいそうな赤い夕陽。そして東の空に目を移せば、そこにはおよう約束のごとく輝き出す前の満月が顔を出したところ。

今はまだ頼りない幻のようなものでしかないが、周囲が暗くなりさえすれば、映写機の光を受けた銀幕のように輝き出すだろう。そしてその輝きとともに、細部までがくっきりと見えてくるはずで、それはきっとこのシーンにふさわしい月に違いないのだ。

私はそう確信する。

あの月。

それ自体が巨大な人面でもある月。

砲弾によって片目を潰された月。

映画の嘘で塗り固められた月。

それは、特撮の生みの親とも呼ばれるジョルジュ・メリエス氏の映画の中の月。

現実にはありえないほど大きくて、奇妙で、醜くて、そして綺麗な——。
映画の中にしか存在しえない、あの作り物の月に違いない。

（了）

楢喜八・ギャラリー

12/31(土) 北野勇作「大怪獣記」原稿。
テキストデータでとどく。
北野勇作
「大怪獣記」
MacBook Pro
'16
NARA KIHACHI

あがった!!

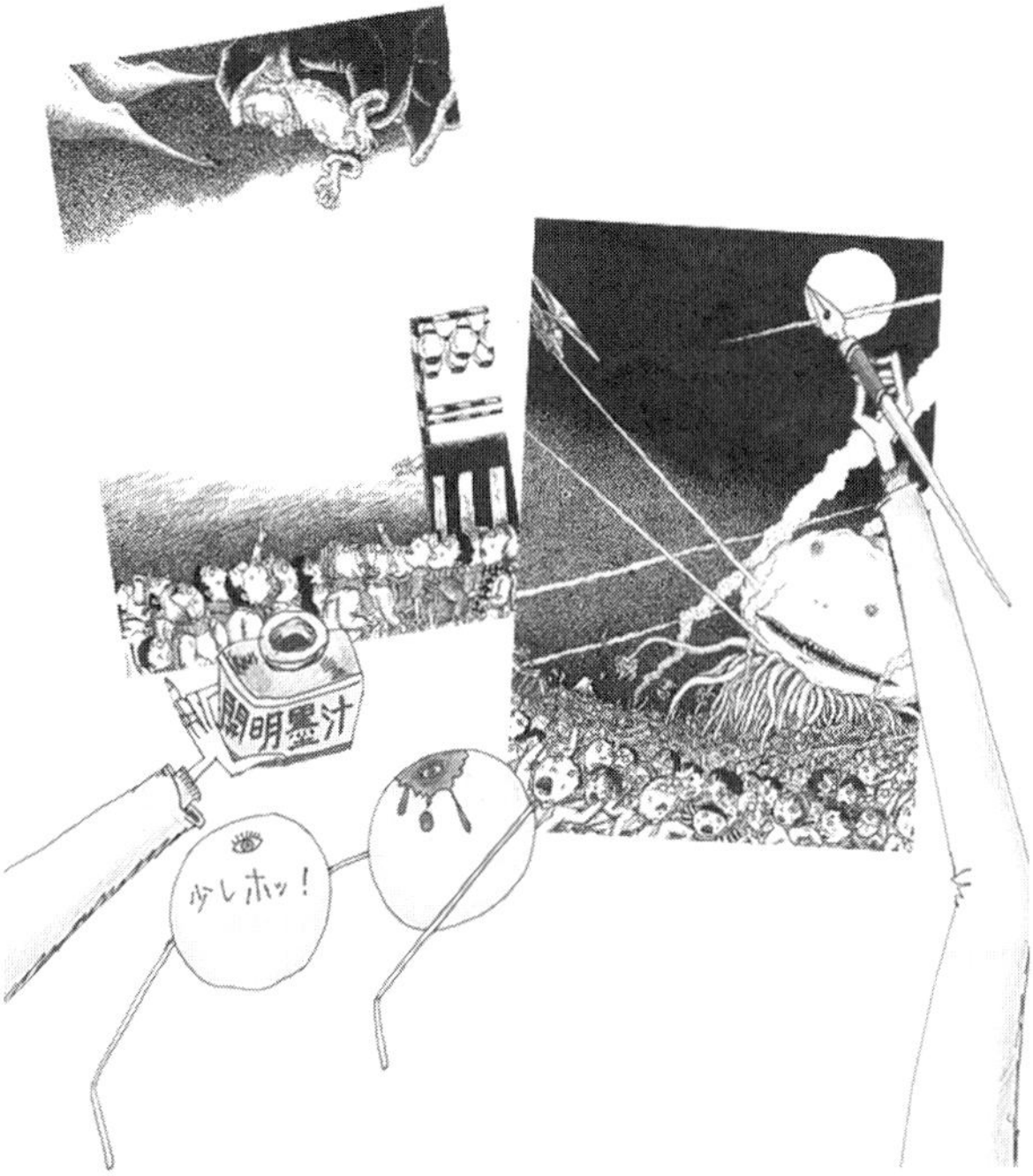
開明墨汁
少しホッ!

ホッ!!
開明墨汁

「奇想天外」(1976 年 7 月号)

『異次元を覗く家』(ウィリアム・ホープ・ホジスン・団精二訳・1983年)

『真ク・リトル・リトル神話体系』(1983 年)

『真ク・リトル・リトル神話体系』(1983年)

『シュロック・ホームズの冒険』
（ロバート・フィッシュ・深町 眞理子訳・1977 年）

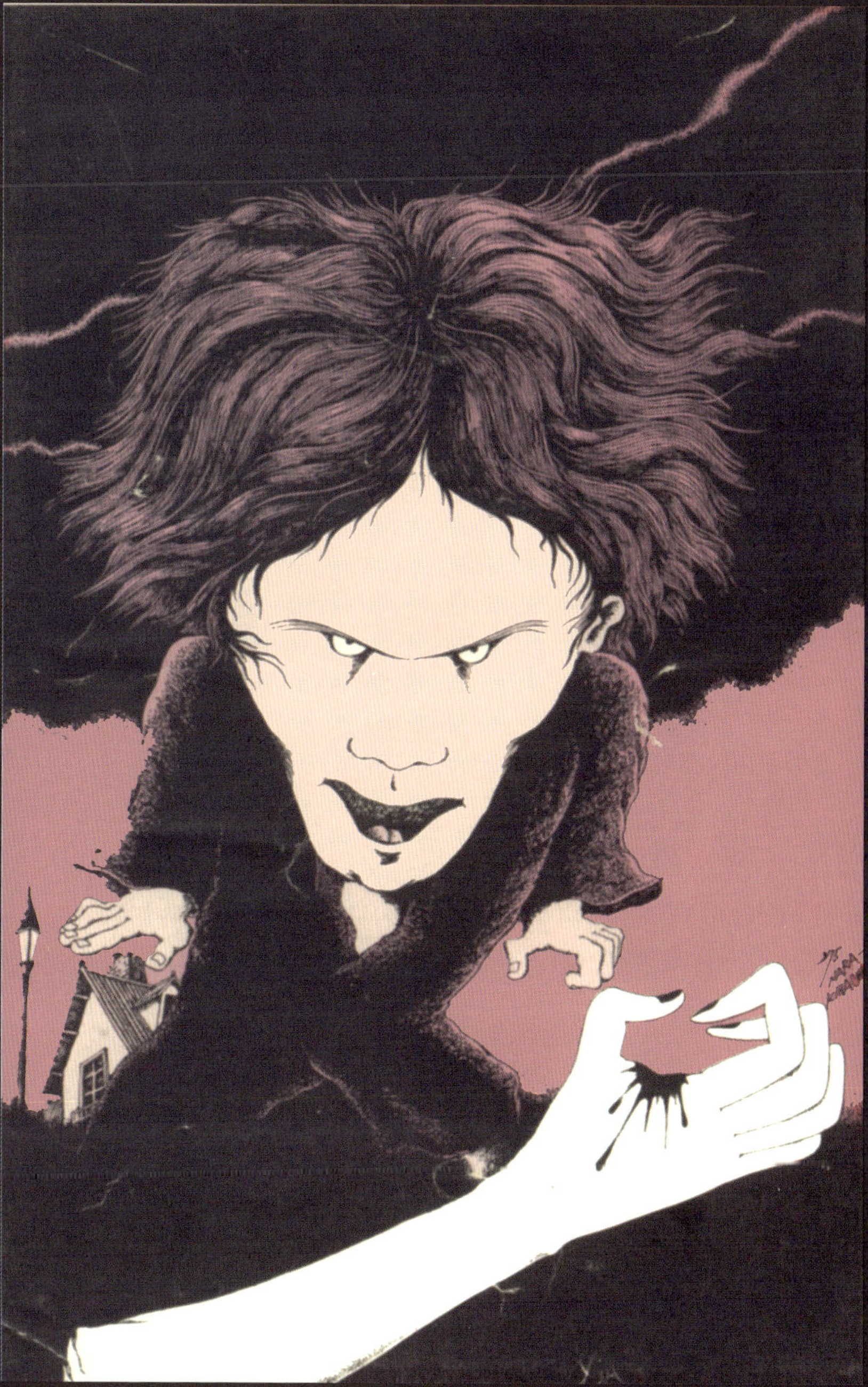

「特集・江戸川乱歩幻影城」(1976 年)

『真ク・リトル・リトル神話体系』1983年)

「小説新潮増刊号・ばけもの屋敷（都築道夫）」（1987 年）

『学校の怪談』1巻（1990年）

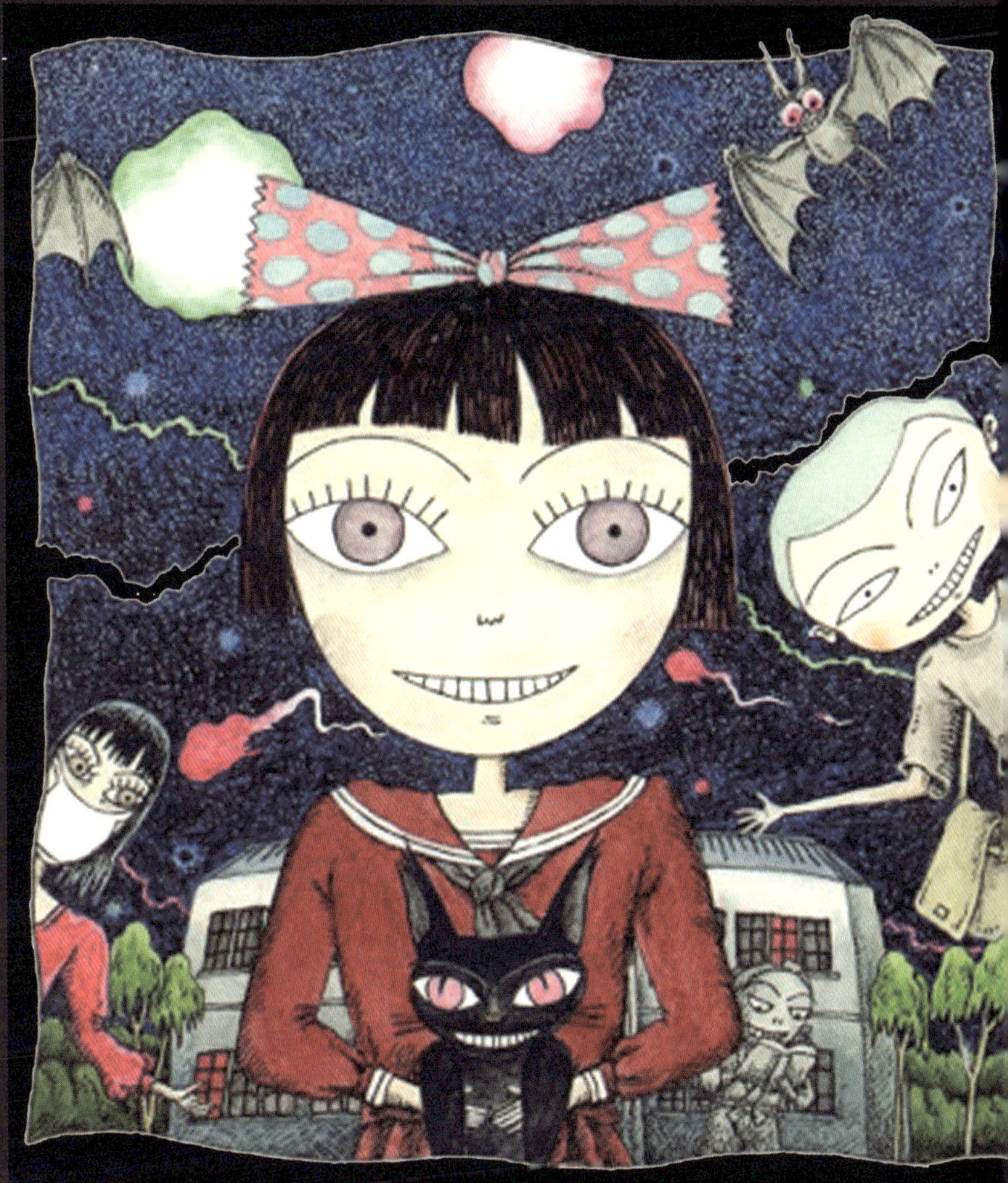

『新・学校の怪談』2巻（2006年）

『ゴジラ、東京にあらわれる』(香山滋・1997年)

（「海からの視線」（『インスマスの血脈』収録・樋口明雄・2013年）

『馬は土曜に蒼ざめる』(筒井康隆・1970年)

「金星から来た男」

「クトゥルーの喚び声」（ミステリマガジン 71 年 12 月号）

「ランドルフ・カーターの証言」(ミステリマガジン72年6月号)

楢 喜八

1939年、サハリン生まれ。1962年、金沢美術工芸大学油絵科卒業。1968年、ミステリマガジン(早川書房)8月号怪奇と幻想『ダーク・ボーイ』でデビュー。ミステリー、SF、ユーモア小説等を中心に挿画を描く。

1978年　講談社出版文化賞（さし絵部門）受賞。

1990～1997年『学校の怪談1～9』(講談社KK文庫）挿画を手がける。

1994年　八・一トリオ結成（楢喜八、ウノ・カマキリ、成田一徹）

1997年　『楢喜八の学校の怪談ベストコミックス』(講談社）出版。

2004年　田河水泡賞受賞（日本出版美術家連盟展）

2009年　「楢喜八イラスト原画展』(清里北澤美術館)

2010年　「月のある風景 楢喜八絵画展』(長浜黒壁美術館)

2013年　「楢喜八作品展」(GINZA STAGI-1)

2013年　「楢喜八作品展［夜の静寂に月が･･･]」(ギャラリー オキュルス)

2015年　「楢喜八挿し絵原画展」(小樽小学館)

2017年　「楢喜八　猫たちのバラード」(GINZA STAGI-1)

舞台美術

1971年　安保広信 作 劇団世代『五人のセールスマン』(新宿紀伊国屋ホール)

1976年　つかこうへい作 劇団世代『戦争で死ねなかったお父さんのために』（六本木俳優座劇場)

2006年　別役 実作 独歩プロデユース『はるなつあきふゆ』(吉祥寺シアター)

2009年　別役 実作 独歩プロデユース『窓を開ければ港が見える』(中野劇場 MOMO)

あとがき

　これを書いている今日は、なんとまあ私の五十五歳の誕生日で、そして自分でも呆れかえってしまうことに、今もやっぱり怪獣なのだ。

　物心ついた頃には、テレビのブラウン管の中にはすでに怪獣がいて、私はテレビの前で、モノクロの小さなざらざらの画面に映るそのすべてを脳味噌に焼き付けようとしていた。そうするしかなかった。なにしろビデオなどない、どころかそんな機械が家庭に入ってくるのを想像することすらできなかった頃の話だ。

　今放映されているこれを見逃したら、もう見ることはできない。もし見ることがあるとしても、それは何年後かわからない再放送で、だがもちろん再放送などというものがあるかどうかはわからないし、ましてその時間に同じようにテレビの前にいることができるかどうかなどわかるはずもないのである。

　だから、ただひたすら目の前の画面を見つめ、すべてを自分の中に入れてしまうしかなかった。あそこまで必死になって――まさに何かに憑かれたように――ものを見たことはない。たぶん、これから先もないだろう。

　それは、現実よりもずっと大きくて重たくて、そしてなによりも本物だった。

　それを見てしまったことが、今もずっと尾をひいていて、ようするに私は、あのとき自分が味わったあの感覚と同じものを今も求め続けているのだろう。でもまあ同時に、それがもう得られないものだということも、わかってはいるのだ。

あの頃に見たものを今見ても、それはもう別のものでしかない。それははっきりしている。まだ現実と虚構との境目がぐらぐらだったあの頃の自分だからこそ、あれを見ることができた。それはわかっている。

それでも、あれを見たことははっきりと憶えているのだ。

ずっと昔、自分があれを見てしまったこと。

それは否定のしようがない。そして、それによって自分が大きく変えられてしまった、ということも。

いやいや、それはまあそうなのだろうが、しかしそれのどこがクトゥルー？　と言われるかもしれない。

言われるだろうなあ。

ごもっとも。

ここで言い訳をしておくと、これはそもそも『人面町四丁目』という小説の続編というか、同じ町を舞台にして同じ主人公で書いたもので、書き上げはしたもののずっとお蔵入りのままで、それでも自分ではかなり気に入っていたので、気が向いたときにときどき蔵から出して、足したり引いたり叩いたり磨いたり潜ったり溺れたり、そしてまたどこかに持ち込んでみて、でも結局はまた蔵に戻し、しばらく寝かしてまた出してきてあれこれいじってみて、みたいなことをずいぶん長いこと続けてきた小説なのだ。

そして、その『人面町四丁目』というのは、知っている人は知っている、バスで奇妙な町にたどり着くところから始まるラブクラフトのあの小説を下敷きにしたものだったから、もしかしてこのシリーズならば出してもらえるのでは、とダメもとで打診してみた結果、意外にもこうして外に出してやることができた、というわけなのである。よかったよかった。

でもまあさらに言い訳をすると、私がそういうもの（どういうものかはご想像にお任せします）に惹かれるのは、怪獣というものを見てしまったせいであるのは間違いなくて、つまり、それがすべての始まりで、あらゆる異形のものは、結局はあのとき見てしまったものが別の見えかたをしているだけなのだろうと思うのです。

だからたぶん私はこの先もずっと、子供の頃に見てしまったあれを追いかけ続けることになるのでしょう。頭ではそれが逃げ水だということくらいわかってるんですけど、ま、わかっちゃいるけどやめられないわけだ。

いや、それでもね、この小説を書いたおかげで、これまでよりほんの少しだけ、そいつに近づけたような、そんな気はしているんですよ。気のせいかもしれませんけどね。

どこに持って行っても首を傾げられ、長いあいだ蔵に閉じ込めたままになっていたこんな変てこな小説をついに蔵から出して外の世界に解き放ってくれた創土社さんに、そして手にとってくれた物好きな皆さんに感謝します。楽しんでいただけたら幸いです。

二〇一七年三月二十二日

北野勇作

《オマージュ・アンソロジーシリーズ》

狂気山脈の彼方へ

一五〇〇円

◆「頭山脈」　北野 勇作

◆「恐怖学者　羅文蔵人の憂鬱なる二日間」　黒木 あるじ

◆「レーリッヒ断章の考察」（ゲームブック）　フーゴ・ハル

カバーイラスト・小島 文美

《頭山脈》 夕暮れどきに男が目にした菫色の光。そして、幼い日に神社の裏の藪で見た奇妙なもの。妻の不可解な行動。台地の上の大学。お祭りの準備をする白いペンギンたち。やがて男がたどり着く「頭山脈」とは？

《恐怖学者・羅文蔵人の憂鬱なる二日間》 編集者鵜野は、オカルト企画の取材のため、大恐山近くの南曲村を訪れる。しかし到着すると、約束をしていたタケが、自ら眼を抉り出し自殺をしていた。

《レーリッヒ断章の考察》1932 年、マンハッタンのレーリッヒ美術館で大量殺人事件が起きる。犯人と思われる人物から手記を渡されたレーリッヒ氏は、これをミスカトニック大学に寄贈する。

クトゥルー・ミュトス・ファイルズ
The Cthulhu Mythos Files

大怪獣記

2017年5月1日　第1刷

著　者
北野 勇作

発行人
酒井 武史

イラスト　楢 喜八
帯デザイン　山田 剛毅

発行所　株式会社　創土社
〒165-0031 東京都中野区上鷺宮 5-18-3
電話 03-3970-2669　FAX 03-3825-8714
http://www.soudosha.jp

印刷　株式会社シナノ
ISBN978-4-7988-3042-1　C0093
定価はカバーに印刷してあります。

『超訳ラヴクラフトライト』1～3
全国書店にて絶賛発売中！
超訳
ラヴクラフトライト
Super Liberal Interpretation
Lovecraft Light

書籍名	著　者	本体価格	ISBN：978-4-7988-
邪神金融道	菊地秀行	1600円	3001-8
妖神グルメ	菊地秀行	900円	3002-5
邪神帝国	朝松 健	1050円	3003-2
崑央（クン・ヤン）の女王	朝松 健	1000円	3004-9
邪神たちの2・26	田中 文雄	1000円	3007-0
邪神艦隊	菊地 秀行	1000円	3009-4
呪禁官　百怪ト夜行ス	牧野修	1500円	3014-8
ヨグ＝ソトース戦車隊	菊地秀行	1000円	3015-5
戦艦大和　海魔砲撃	田中文雄 × 菊地秀行	1000円	3016-2
クトゥルフ少女戦隊 第一部	山田正紀	1300円	3019-8
クトゥルフ少女戦隊 第二部	山田正紀	1300円	3021-8
魔空零戦隊	菊地秀行	1000円	3020-8
邪神決闘伝	菊地秀行	1000円	3023-0
クトゥルー・オペラ	風見潤	1900円	3024-7
二重螺旋の悪魔　完全版	梅原克文	2300円	3025-4
大いなる闇の喚び声	倉阪鬼一郎	1500円	3027-8
童　提　灯	黒史郎	1300円	3026-1
大魔神伝奇	田中啓文	1400円	3029-2
魔道コンフィデンシャル	朝松 健	1000円	3030-8
呪禁官　暁を照らす者たち	牧野 修	1200円	3032-2
呪走！　邪神列車砲	林 譲治	1000円	3033-9
呪禁官　意志を継ぐ者	牧野 修	1200円	3034-6
邪神街　上	樋口明雄	1000円	3036-0
地獄に堕ちた勇者ども	牧野 修	1300円	3038-4
邪神街　下	樋口明雄	1000円	3039-1
邪神狩り	樋口明雄	1000円	3040-7
魔界への入口	倉阪鬼一郎	2700円	3041-4

全国書店にてご注文できます。

クトゥルー・ミュトス・ファイルズ
The Cthulhu Mythos Files
近刊予告

戦艦大和　破魔弾！

（長編書下ろし）

林 譲治
イラスト　高荷 義之

1937年、南極探査に向かったナチスドイツの調査船アウクスブルグ号は、謎の人物を救助したことを報告した後、奇怪な報告と共に消息を断った。そして1941年、ナチス傘下のオカルト組織森林組合は、太平洋の異変を利用して英米を壊滅させるべく、調査船狼娘号を送る。一方、同様の異変に着目していたのは、ナチスだけではなかった。山本五十六連合艦隊司令長官と井上成美中将は、この動きに然るべき対策を立てていた。山本五十六連合艦隊司令長官の真珠湾攻撃もまた、こうした動きに呼応したものだった。そしてかつてイタリアで旧支配者の存在を知った井上成美中将は、クトゥルフ復活を阻止すべく、巨大戦闘用ロボット機兵を投入するのであった。

2017年5月末・刊行予定